Martina Dierks

Prinzessin Polly

Frecher, als der König erlaubt

Martina Dierks,
1953 in Berlin geboren, arbeitete in den verschiedensten Berufen, bevor sie sich entschied hauptberuflich zu schreiben. Außerdem hat sie Slavistik und Germanistik studiert und ist diplomierte Übersetzerin. Martina Dierks schreibt seit dem zwölften Lebensjahr und veröffentlicht seit 1986 – zunächst Texte für den Rundfunk, später Romane für Kinder und Jugendliche. Sie lebt mit ihrem Mann und ihrer Tochter in Berlin.

Martina Dierks

Prinzessin Polly
Frecher, als der König erlaubt

Mit Illustrationen von

Irmgard Paule

Arena

Weitere Titel von Martina Dierks im Arena Verlag:

Siri, die Montagsfee (Edition Bücherbär)
Siri, die dMontagsfee – Der geheimnisvolle Zauberspiegel
(Edition Bücherbär)
Die Zickenfarm – Ein tierischer Sommer
Die Zickenfarm – Große Klasse, kleiner Hund

In neuer Rechtschreibung

1. Auflage 2006

Einband: Irmgard Paule
Gesamtherstellung: westermann druck Braunschweig GmbH
ISBN 3-401-05952-1
ISBN 978-3-401-05952-5

www.arena-verlag.de

1. Kapitel

Im Land Vielleicht-Und-Irgendwann, das es irgendwann einmal gab und vielleicht immer noch gibt, wurde es Nacht. Eine Sternschnuppe zischte über den Himmel. Prinzessin Polly schloss die Augen und flüsterte schnell einen Wunsch. »Ich wünsche mir, dass in diesem Sommer etwas ganz Unglaubliches geschieht!«

Ein Käuzchen schrie und Leuchtkäfer geisterten durch den Wald. Die Frösche machten einen Krach, als gäbe es kein Morgen mehr.

Polly streckte sich auf dem Boden ihres Baumhauses aus, stützte das Kinn auf die Hände und schaute auf den im Dämmerlicht versunkenen Schlosspark hinab. Es war aufregend, so spät noch draußen zu sein und Sommerferienträume zu träumen.

»In zwei Tagen bin ich am Grünen Meer«, sagte die Prinzessin feierlich. »Da gibt es Schildkröten, die so groß wie Kutschen sind!« Polly hatte noch nie eine richtige Reise gemacht und hoffte auf ein großes buntes Abenteuer. Sie rollte sich auf den Rücken und reckte die Arme. »Ich bin die glücklichste Prinzes-

sin der ganzen Welt«, jubelte sie. Da fiel ihr plötzlich ein, dass sie gar keinen Schwimmanzug hatte. Wenn sie im Schlossteich baden ging, raffte sie einfach die Röcke. Selbst an der tiefsten Stelle reichte ihr das Wasser bloß bis ans Knie. Aber in diesem Sommer wollte sie richtig schwimmen und tauchen lernen.
Die Prinzessin kletterte flink die Leiter hinab. Das Gras fühlte sich kühl und feucht unter ihren nackten Füßen an. Polly sprang die Stufen der Schlosstreppe hinauf und überlegte, wie sie ihre Mutter davon überzeugen konnte, dass ohne einen Schwimmanzug an Baden einfach nicht zu denken war.
Im Zimmer ihrer Eltern brannte noch Licht. Königin Betty saß im Bett und starrte die Zimmerdecke an. König Polidor lag friedlich schlafend neben ihr.
»Dass er überhaupt schlafen kann. Wenn ich mir das geleistet hätte, was er sich geleistet hat, dann würde ich kein Auge zubekommen«, murmelte die Königin ärgerlich und warf dem schlafenden König einen bösen Seitenblick zu.
»Was machst du denn so spät noch hier? Du solltest längst im Bett liegen und schlafen«, rief die Königin mit einer scharfen Falte zwischen den Augenbrauen, als Polly mit flatternden Rockbändern ins Zimmer huschte.
»Ich habe Ferien, Mama. Und da wir nun schon beim Thema sind, ich bräuchte einen Schwimmanzug. Du weißt doch, dass Alfons mir diesen Sommer das Schwimmen beibringen will!«, erklärte Polly übermütig.
Schon färbten sich die Wangen der Königin rot.

»Ich habe da neulich einen beim Schneider am Marktplatz im Schaufenster gesehen, der war wie für mich gemacht!«, fuhr Polly tapfer fort.

»Beim Hofschneider, ja?«, knurrte die Königin. »Nun, der Schneider wird uns weder einen Schwimmanzug noch eine Garnrolle verkaufen!« Sie schnaufte. »Wir haben nämlich keinen müden Taler mehr, weil dein Vater mal wieder auf das falsche Wildschwein gewettet hat!«

»Das ist nicht wahr«, flüsterte Polly entsetzt. »Und was wird aus unserer Reise ans Grüne Meer?«

Die Königin schwieg und zupfte nervös ein Fädchen aus der Stickerei auf ihrem Daunenkissen.

»Mama?«, sagte Polly drohend. »Ich habe dich etwas gefragt!«

»Ii eise önnen ir huns eier au ich eisen«, nuschelte die Königin.
»Wie bitte?«, rief Polly entsetzt.
»Die Reise können wir uns leider auch nicht leisten!«, wiederholte die Königin ärgerlich und stieß den schlafenden König unsanft mit dem Ellenbogen an. Aber wenn der König schlief, dann schlief er. Es hätte das ganze Land untergehen und die Sonne am Himmel explodieren können, der König wäre auch dann nicht aufgewacht.
»Dann verreisen wir also wieder nicht«, murmelte Polly und kämpfte mit den Tränen.
»Nun sei nicht traurig, Polly«, beschwichtigte sie die Königin. »Aufgeschoben ist nicht aufgehoben, nicht wahr? Im nächsten Jahr klappt es bestimmt!«
»Ich will aber jetzt verreisen«, jammerte Polly.
»Das geht aber nun mal nicht«, sagte Königin Betty ungeduldig. »Also sei vernünftig und benimm dich nicht wie ein Jammerlappen. Du weißt, dass du eine Prinzessin bist, und eine Prinzessin muss in jeder Situation Haltung bewahren!«
Na und, dachte Polly, dann bin ich eben ein Jammerlappen. Obwohl sie alles andere als ein Jammerlappen war und nicht einmal Angst vor Spinnen hatte.
»Und nun geh ins Bett, Polly, wir reden morgen weiter. Ich muss meinen Schönheitsschlaf haben, sonst erklärt mir mein Spiegel morgen wieder den Krieg«, murmelte Königin Betty. Sie stopfte sich ihre Super-Schlaf-Stöpsel in die Ohren, zog ihre Schlafmaske über das Gesicht und faltete die Hände über der Brust.

Polly schlich mit hängendem Kopf hinaus. Blaues Mondlicht floss durch die Fenster, die Frösche quakten immer noch wie verrückt. In Pollys Augen sammelten sich Tränen, die auf die Bodenfliesen tropften. Leider verwandelten sie sich nicht in Perlen. Es tauchte auch keine Fee zwischen den Vorhangfalten auf. Das Leben dieser Prinzessin war alles andere als leicht.
Da dachten die Leute immer, königliche Familien würden nur Feste feiern und in goldenen Kutschen spazieren fahren. Dabei besaß Polly nicht einmal ein Pferd und die goldene Kutsche hatten sie schon im letzten Jahr verkauft. Und nun das! Keine Reise, kein Pferd, kein Abenteuer! Jetzt war Polly wirklich wütend auf ihren Vater.
Auf der einen Seite war er der gütigste und liebste Papa der Welt. Aber er war auch schwach, besonders dann, wenn es um Wildschweinrennen ging. Leider wettete er immer auf das falsche Schwein und hatte schon das halbe Königreich verspielt. Der König hatte einmal gesagt: »Wenn ich ein rennendes Wildschwein sehe, dann hört mein Gehirn auf zu arbeiten.« Mit anderen Worten, er konnte nichts, aber auch gar nichts dagegen tun.
»Dann wird er es jetzt versuchen müssen«, sagte Polly. »Sonst rede ich kein Wort mehr mit ihm!«

2. Kapitel

Um ihre Eltern zu ärgern, zog Polly am nächsten Tag ihre schäbigsten Sachen an. Ein Kleid aus verblasster roter Seide mit aufgerissenem Saum und einem Fleck am Mieder. Alle drei Schleifen waren ausgefranst und am Rücken fehlten zwei Häkchen. Polly kämmte sich weder das Haar, noch zog sie Schuhe oder Strümpfe an. Bevor sie sich ihren Eltern zeigte, trampelte sie mit nackten Füßen in der kalten Kaminasche herum. Königin Betty schob sich ein kleines Gurkensandwich in den Mund und wollte den Henkel ihrer zierlichen Teetasse ergreifen, als sie beim Anblick der aschebestäubten Prinzessin erstarrte.

»Du liebe Güte«, flüsterte die Königin und wurde gurkengrün. »Jetzt ist sie völlig durchgedreht!«

Der König löffelte seelenruhig Rührei auf einen dick mit Butter bestrichenen Toast. »Nun lass sie doch. Unsere kleine Prinzessin verkleidet sich eben gern«, schmunzelte er, zerteilte seinen Toast und schob sich einen Bissen in den Mund.

»Dass du mir nie zur Seite stehst, wenn es um Pollys Erziehung geht«, zeterte die Königin. »Auf der Stelle ziehst du dich um, Polly, ich befehle es dir. Und die Füße wäschst du dir gefälligst auch!«

Polly tat so, als wäre sie taub, und setzte sich an den Tisch. Die Königin war so verblüfft, dass ihr die Worte fehlten.
»Na, kleine Prinzessin, bekommt dein Papa keinen Kuss?«, fragte der König und hielt Polly seine Backe hin. Er schnurrte wie ein Kater und schloss die Augen.
»Nein!«, erklärte Polly. Ihr Gesicht war unter der Flut blonder Haare kaum zu sehen. Die schmutzigen Füße baumelten über dem Boden. Es war ein bisschen kalt zwischen den Zehen, denn die Morgenluft, die hereinwehte, war noch etwas kühl. So gewöhne ich mich wenigstens schon daran, wie es sein wird, wenn das Geld nicht einmal mehr für Schuhe reicht, dachte Polly.
»Nein?«, fragte der König verwirrt.
»Nein, nein, nein. Keine Küsse mehr«, wiederholte Polly, stach ihr Frühstücksmesser in einen Apfel hinein und biss ein Stück ab. So aßen Räubermädchen und Piratentöchter. Das wusste die Prinzessin von Alfons, der nicht nur Pollys Lehrer, sondern auch Koch, Hofnarr, Kammerdiener und Minister des Königs war.
Vor vielen Jahren, als Alfons noch kein Männchen für alles, sondern ein junger Abenteurer gewesen war, hatte er eine Weile mit Räubern und Piraten gelebt. Als Einsiedler hatte er in einer Felsenhöhle gehaust, als Kapitän eines Fünfmasters war er über sämtliche Meere gesegelt. Er hatte sein Brot mit Bettlern geteilt und sich sogar als Arzt einen Namen gemacht. Dann hatte er sich dem König von Vielleicht-Und-Irgendwann als

Männchen für alles angedient und war ihnen unentbehrlich geworden.

»Jetzt reicht's«, rief die Königin und riss Polly das Messer aus der Hand, als die es gerade in die Butter werfen wollte. »So ein Benehmen dulde ich nicht! Capito, klar? Nur weil du keinen Schwimmanzug bekommst, musst du nicht gleich so ein Theater machen!«

»Und die Reise? Was ist mit der Reise? Das war fest versprochen. Hat Papa nicht einmal gesagt, dass ein König, der sein Wort bricht, niemals ein guter König sein kann?«, rief Polly.

König Polidor senkte schuldbewusst den Kopf. »Du hast Recht, kleine Prinzessin, ich bin kein guter König! Ich verstehe, dass du enttäuscht bist. Eigentlich sollte ich ein Vorbild sein, aber ich bin nur ein schwacher, dummer Mensch, der einem Glück hinterherjagt, das es gar nicht gibt. Menschen wie ich sollten Dichter oder Maler werden, aber sie taugen nicht zum König, oh nein!«

Die Königin schnaufte spöttisch, aber Polly tat ihr Vater schon wieder Leid. Sie konnte ihm nie lange böse sein.

Mein lieber, guter Papa, wollte sie sagen, so schlimm ist es nun auch wieder nicht, da brachte Alfons im taubenblauen Frack des Kammerdieners die Post herein. Oben auf dem Kopf war Alfons völlig kahl, über den Ohren, die ein wenig abstanden, kräuselten sich graue Locken bis auf die Schultertressen. Um seine Hüfte trug Alfons einen Gürtel mit verschiedenen Hüten. Eine Kochmütze, einen grünen Federhut, einen Zylinder und eine

Narrenkappe mit goldenen Glöckchen. Je nachdem, welche Funktion er gerade erfüllte, trug er nicht nur die passende Kopfbedeckung, sondern änderte auch seine Stimme.

Als Minister sprach Alfons zum Beispiel mit einem rollenden *R* und als Kammerdiener etwas verschnupft durch die Nase. Dann klangen seine *A's* wie *O's*, was sich vornehm anhören sollte.

»Es ist ein Brief für die Prinzessin ongekommen. Ein Eilbote hot ihn gebrocht. Es muss sehr wichtig sein, denn er wortet auf Ontwort!« Alfons überreichte Polly einen dunkelblauen Brief, der ein pechschwarzes, Furcht einflößendes Siegel trug.

»Post? Für mich?« Polly hatte noch nie einen Brief bekommen. »Tatsächlich!«, staunte sie. Der Brief war an *Prinzessin Polidora*

Esmeralda Bettina Konstanza Jacobina in Vielleicht-Und-Irgendwann adressiert. Aber wer war der Absender?

»Nun lies schon!«, drängelte die Königin und rauschte um den Tisch herum, um Polly über die Schulter zu blicken. »Lies vor!«

»Sehr geschätzte, bewunderte, hochverehrte Prinzessin Polidora Esmeralda Bettina und so weiter und so weiter«, las Polly. »Sie haben das große Los gezogen!« Polly stutzte. »In diesem Jahr ist die Wahl auf Sie gefallen, unseren armen Prinzen Peter aufzuwecken ...« Polly zuckte ratlos die Schultern. »Wie jedes Jahr werden auch diesmal Gäste aus aller Herren Länder anreisen und wir hoffen natürlich, dass es Ihnen gelingen wird, unseren armen Prinzen zu erlösen. Als Dank für Ihre große Tat winkt Ihnen ein Sack voller Gold und unsere ewige Dankbarkeit wird Ihnen gewiss sein. Wir erwarten Sie am ersten Juli an unserem Hof! Hochachtungsvoll *König Ralf und Königin Emma von Immer-Und-Überall!* Ein Vertrag, den Ihr Vater bitte unterschreiben soll, ist beigelegt!«

3. Kapitel

»Das ist bestimmt ein schlechter Scherz«, sagte die Königin, riss Polly den Brief aus der Hand und überflog die Zeilen noch einmal selbst. Königin Betty kam aus dem Land-Der-Vielen-Fragen-Auf-Die-Es-Keine-Antworten-Gab und witterte überall Fallstricke und Betrug.

»Ganz und gar nicht, liebste Betty«, ereiferte sich der König. »Ich habe von diesem schlafenden Prinzen schon gehört. Er muss in Pollys Alter sein und schläft seit ungefähr drei Jahren!« Versonnen zwirbelte er ein langes Augenbrauenhaar und seufzte. »Ein Sack voller Gold, den könnten wir wirklich gut gebrauchen!«

»Du glaubst doch wohl nicht etwa, dass ich das mache? Am Ende muss ich ihn küssen, igitt!«, spuckte Polly empört. Bestimmt hatte der Prinz sich seit drei Jahren weder gewaschen noch die Zähne geputzt. Was wäre außerdem, wenn es ihr tatsächlich gelingen würde, den Burschen zu wecken? Möglicherweise war er dumm wie Stroh und hässlich wie eine Kröte. Einmal geweckt, würde sie ihn vielleicht nie wieder los!

»Keinesfalls wird meine Prinzessin einen Prinzen küssen, dafür ist sie noch viel zu jung!«, sagte die Königin streng.

Der König senkte bekümmert den Kopf und beteuerte, dass er ein solches Opfer niemals von seiner kleinen Prinzessin verlangen würde.
»Ein Pechvogel bin ich«, jammerte er. »Ein Vater, der seiner kleinen Tochter nicht einmal einen Schwimmanzug kaufen kann . . .!«
So elend sah der König aus, richtig grau im Gesicht, gebeugt wie ein alter Mann hing er über der Tischplatte und schaute traurig dem kleinen Spatzen zu, der zwischen den silbernen Tellern herumhüpfte und die Krümel aufpickte.
»So glücklich wie dieser Vogel werde ich niemals sein«, stieß der König verzweifelt aus. Dann sank sein Kopf auf den Tisch und die Arme hingen schlaff an den Seiten herab.

»Hör sofort auf damit, Polidor!«, herrschte die Königin ihren König an und verpasste ihm einen Schlag auf den Rücken. Augenblicklich nahm er wieder Haltung an.

Doch Polly dachte an den Schwimmanzug und die Reise, die sie niemals antreten würde, wenn nicht endlich ein bisschen Geld in die königlichen Kassen kam.

»Was meinst denn du dazu?«, fragte sie Alfons, der vornehm schweigend hinter ihr stand.

Der räusperte sich. »Es gibt nichts, was unmöglich ist, man muss nur die richtigen Ideen haben!«, erwiderte er leise. Wenn Alfons mit normaler Stimme sprach, dann war er ganz er selbst. Ein weiser Mann mit unergründlichen grünen Augen, die alles sahen, was anderen entging.

»Du denkst also, ich sollte es versuchen«, sagte Polly nachdenklich.

»Wer nicht versucht, der nicht gewinnt!«, erwiderte Alfons.

Der König klatschte begeistert in die Hände. »Du sprichst mir aus der Seele, lieber Freund!«

Polly rang noch mit sich. Sie kannte das Land Immer-Und-Überall nur vom Hörensagen. Es lag nicht am Meer, sondern hinter fünf Bergen in einem tiefen Tal, wo es möglicherweise meistens dunkel war. Kein Königreich zum Urlaubmachen. Die meisten Königsfamilien fuhren ans Grüne Meer oder im Winter auf den Zauberberg, wo der Schnee funkelte wie Diamantenstaub.
Doch eine Reise, wohin sie auch immer ging, war auf jeden Fall besser, als den ganzen Sommer hier herumzuhocken und Trübsal zu blasen.
»Na, dann versuche ich es eben. Obwohl ich keine Ahnung habe, wie ich den Burschen wecken soll«, sagte Polly.
»Überlege es dir gut!«, warnte die Königin. Als der König etwas sagen wollte, drückte sie ihm die Hand auf den Mund.
»Ich habe es mir überlegt«, verkündete Polly bestimmt. Sie malte ein Kreuz hinter das *Ja, ich komme mit meiner Familie* und der König unterschrieb den Vertrag.
Ein Sack voller Gold würde dem Königreich aus dem Schlamassel helfen. Polly bekäme einen Schwimmanzug und ein Pferd. Es konnte doch verflixt noch mal nicht so schwer sein, einen Prinzen wach zu kriegen!

4. Kapitel

Dann wurde gewaschen, gebügelt, gefärbt, gestopft. Die Königin nähte für Polly aus einem Bettbaldachin ein Kleid. Pollys andere Kleider besserte sie aus, nähte dort eine Rüsche an und säumte da einen Rock. Alfons, der zeitweilig auch als Schuhmacher tätig war, beschlug die Stiefelabsätze des Königs mit Leder und Eisen. Sofort klang sein Schritt viel entschlossener und majestätischer.

Pollys Haar glänzte wie gesponnenes Gold, denn die Königin hatte ein Dutzend Eier und löffelweise Honig in das Shampoo gequirlt.

Alfons mietete eine Kutsche für den Dienstagmorgen, früh um halb sechs. Er packte die Koffer, schmierte die Reisebrote und kochte drei Kannen Kaffee.

Am Reisemorgen ging die Sonne sehr früh an einem strahlend blauen Himmel auf, so als wäre sie sehr neugierig auf diesen Tag. Polly hatte nun doch das Reisefieber gepackt. Die Ferne lockte, das Fremde, das Neue, das sie erleben würde. Schließlich war es das erste Mal, dass Polly ihr Land verließ.

Alfons war in den schwarzen Anzug des Staatsministers geschlüpft und nahm respektvoll seinen Zylinder ab, als der König und die Königin in die Kutsche stiegen. Königin Betty hob den Saum ihres eleganten grauen Reisekleides an und drapierte ihre Spitzenmanschetten ordentlich über ihrem Arm, als sie in den weichen Polstern der Kutsche saß. An der Festtagsuniform des Königs blitzten die vielen Orden, die er sich selbst verliehen hatte. Polly, ganz in Dunkelblau, sah wie ein Sommernachthimmel aus. Nur die Spangenschuhe zwickten ein wenig. Sie waren schon fast zu klein, aber für neue hatte das Geld nicht mehr gereicht. Alfons stieg zum Kutscher auf den Bock und dann ging es los!

Der Bauer, der Fleischer, der Bäcker und der Drogist, die Marktfrau und ihre Kinder winkten der Kutsche zu, als sie über den Marktplatz der kleinen Stadt rumpelte. Bis zur Grenze war es nicht weit. Dahinter lag das Land Jetzt-Oder-Nie, das Land der vielen verpassten Gelegenheiten, in dem eine alte Schulfreundin von Pollys Mutter Königin war.

»Hoffentlich kreuzen wir nicht zufällig ihren Weg«, flüsterte die Königin und zog an der ersten Poststation den Hutschleier über ihr Gesicht. Die Pferde tranken und fraßen und verscheuchten mit ihren langen Schweifen die Fliegen, die um ihre Hinterteile kreisten. Der König rauchte eine Zigarre und blies vollendete watteweiße Kringel in die Morgenluft.

»Und wo geht die Reise hin?«, fragte der Postmeister beim Striegeln der Pferde.

»Ans Grüne Meer«, rief die Königin schnell, bevor der König in die Welt hinausposaunen konnte, wohin sie wirklich fuhren.

»Dort ist unsere Königsfamilie heute auch hingefahren, das Grüne Meer ist wohl sehr beliebt bei den gekrönten Häuptern.«
Als die königliche Familie wieder in die Kutsche gestiegen war, fiel Königin Betty wütend über den König her.
»Da siehst du, was sich andere Königsfamilien leisten können, obwohl ihr Land auch nicht viel größer als unseres ist!«, schimpfte die Königin und bedauerte es bestimmt zum hundertzehntausendsten Mal, dass sie nicht Prinz Otto aus dem Land Wennschon-Dennschon geheiratet hatte. Plötzlich gab es einen Ruck, die Kutsche blieb stehen, die Pferde wieherten und Sand wirbelte auf. Polly öffnete das Kutschenfenster und beugte sich hinaus.

»Stau!«, rief Alfons vom Kutschbock herunter.

Polly sah zehn Kutschen, blaue, rote, grüne, goldene, silberne, manche sogar mit einem Sechsergespann, die sich vom schneebedeckten Gipfel herabschlängelten und die Straße versperrten, die so schmal war, dass immer nur eine Kutsche in einer Richtung passieren konnte.

Es dauerte genau eine Stunde und dreizehn Minuten, bis die zehn Kutschen vorbeigefahren waren und die königliche Kutsche endlich die nächste Schranke erreichte, wo ein Grenzposten ihre Pässe kontrollierte. Er trug einen Regenmantel und Gummistiefel.

»Sie kommen aus dem Land Vielleicht-Und-Irgendwann? In welcher Absicht sind Sie hier?«, fragte der Grenzposten streng und reckte das Kinn.

»In einer guten Absicht!«, sagte der König feierlich und Polly nickte.

»Ob sie gut oder schlecht ist, beurteile ich!«, wies der Wachposten den König zurecht.

»Was erlauben Sie sich . . . Sie . . .«, fauchte die Königin.

»Ich soll den Prinzen wecken!«, rief Polly schnell dazwischen. »Ist das eine gute Absicht?«

»Noch eine Prinzessin, die am Wettbewerb teilnehmen will!« Der Wachposten lachte spöttisch und gab der Königin die Pässe zurück. »Bestimmt hast du die vielen Kutschen gesehen. In jeder von ihnen saß eine Prinzessin, die dasselbe wollte wie du!«

5. Kapitel

Als sich die Schranke hinter Pollys Kutsche schloss, fing es an, zu regnen. Sie fuhren in die Wolken hinein, die so tief im Tal hingen, dass man von Stadt und Land überhaupt nichts sah. Der Regen trommelte auf das Kutschdach. Die Kutschfenster beschlugen. Es kam Polly vor, als ob sie durch schmutzig graue Watte fuhren.

Endlich tauchte eine Stadt aus den Wolken auf, die nur aus Regenschirmen zu bestehen schien. Schwarze, gelbe, dunkelblaue, mit Fransen oder Bommeln. Die Häuser waren so alt, gebeugt und grau, als trügen sie Trauer. Es gab nur wenig Geschäfte, die Schaufenster waren leer und im Schlosspark blühten keine Blumen. Dafür standen umso mehr gestutzte Sträucher herum, eckig wie Würfel oder rund wie Kugeln. Polly mochte es lieber wild, mit Wiesenblumen, Kräutern, Farnen und krummen, kleinen Obstbäumen wie in ihrem Schlosspark zu Hause.

Plötzlich scheute das Pferd. Eine Hutschachtel fiel der Königin auf den Kopf und zerstörte ihre Frisur.

Polly flog gegen die Scheibe und sah ein braunes Pony über die

Wiese springen. Ein Junge in einem langen schwarzen Regenmantel stolperte ihm hinterher und fiel ins Gras.
»Kannst du nicht aufpassen, Bursche!«, fluchte der Kutscher und ließ seine Peitsche knallen.
»Entschuldigung ... ich hab Sie nicht gesehen ... und jetzt hab ich auch noch ... hab ich noch ...«, stammelte der Junge, »... meine Brille verloren!«
Da entdeckte er Polly, die neugierig aus dem Fenster schaute.
»Dort liegt sie doch!«, rief Polly und tippte mit dem Finger unten rechts an die Scheibe, um auf die Stelle zu zeigen, an der die Brille lag. »Da neben deinem Stiefel!«
Der Junge musterte Polly überrascht. Er hatte große, runde Augen und ein blasses, trübsinniges Gesicht.
Endlich kam Bewegung in die reglose Gestalt, der Junge bückte sich schnell, murmelte: »Danke!«, und setzte die Brille auf. Sie war so groß, dass sein Gesicht fast dahinter verschwand.
»Es freut mich, Sie kennen gelernt zu haben! Danke schön und Auf Wiedersehen«, der Junge machte ein paar unbeholfene Verbeugungen und stolperte seinem Pony hinterher, das fröhlich über die Wiese trabte.
»Das nächste Mal passt du besser auf!«, brüllte der Kutscher und die Kutsche setzte sich wieder in Bewegung. »Sie reiten alle, kaum dass sie aus den Windeln raus sind, und kennen nicht mal die Verkehrsregeln!« Dann fuhr er in wildem Galopp eine breite, von Bäumen gesäumte Straße hinauf und bremste scharf vor dem Schloss, das sich auf einem kleinen Hügel wuchtig über der

dunklen Stadt erhob. Das Schloss platzte fast vor Pracht. Die gelbe Fassade zierten weiße Schnörkel wie Sahnekringel auf einer Zitronentorte. Die Fahne auf dem Turm schlotterte im Regenwind. Ihre Befestigungsringe schlugen klirrend gegen die Masten. Niemand war zu sehen.

Nachdem Alfons den Kutscher bezahlt hatte und die königliche Familie ausgestiegen war, fuhr die Kutsche davon. Alfons zog seine Jacke aus und hielt sie Polly und der Königin über die Köpfe, als sie mit gerafften Röcken die Schlosstreppe hinaufhuschten. Der König schleppte die Koffer. Alfons schlug mehrere Male mit dem Türklopfer an die Tür, bis endlich ein Diener erschien.

»Mein Name ist Knurr, was kann ich für Sie tun?«, fragte er und gähnte in seinen weißen Handschuh. Er verströmte einen äußerst muffigen Geruch. Er roch, als ob er in einer feuchten Höhle hauste.

»Wir kommen aus dem Land Vielleicht-Und-Irgendwann und sind eingeladen!«, erklärte die Königin und nieste.

Der Diener kramte einen Zettel aus seiner Jackentasche und faltete ihn auseinander.

»Vielleicht-Und-Irgendwann ... Vielleicht-Und-Irgendwann ...«, murmelte er. Polly trat von einem Fuß auf den anderen, weil sie dringend auf die Toilette musste.

»Hier ist es ... Prinzessin Polidora Esmeralda Bettina Jacobina Konstanza mit Eltern ... den Gang hinunter, Zimmer drei und vier ...« Knurr runzelte die Stirn, als er Alfons erblickte. »Und wer ist das?«, fragte er und blähte die Nasenflügel.

»Das ist unser *Männchen für alles!*«, rief Polly böse. Dieser Diener war wirklich ein ganz besonders unsympathischer Vertreter seiner Zunft.
»Ein was?«, fragte Knurr begriffsstutzig.
»Ein *Männchen für alles.* Ein Mann, der alles kann. Andere haben ein *Mädchen* für alles und wir haben ein *Männchen* für alles!«, erwiderte Polly ungeduldig.
Knurr musterte sie finster. »Was er auch immer ist, wir haben kein Zimmer für ihn reserviert! Eingeladen sind nur die Prinzessinnen und ihre Familien! Keine . . . ähm Diener!«
Für Polly gehörte Alfons zur Familie. Er war kein Diener, sondern ein Freund.
»Mir ist das leider entgangen, als ich den Vertrag unterschrieb«, seufzte König Polidor.
»Dann fahren wir wieder ab«, bestimmte die Prinzessin und ergriff Alfons' Hand. Sie würde sich nie und nimmer von ihm trennen.
»Das kannst du aber nicht, kleine Prinzessin«, erklärte der Diener schadenfroh. »Wenn dein Vater den Vertrag nicht einhält, den er unterschrieben hat, dann kostet ihn das eine schöne Stange Geld!«
Da standen sie nun im Regen, nass bis auf die Haut und ohne Geld.
»Alles meine Schuld«, jammerte der König. »Alles meine Schuld!«
»Vertrag hin, Vertrag her. Ohne Alfons setze ich keinen Fuß in dieses Schloss«, beharrte Polly auf ihrem Entschluss.
»Nun, es gäbe da noch eine Möglichkeit«, räumte Knurr schließlich widerwillig ein, nachdem er gemerkt hatte, dass mit dieser

Prinzessin nicht zu verhandeln war. »Ihr Männchen ... ähem ... für alles ... ähem ... könnte im Gasthof unterkommen, dort sind bestimmt Zimmer frei. Einige unserer Gäste sind nämlich schon wieder abgereist, nachdem es zehn anderen Prinzessinnen nicht gelungen ist, unseren Prinzen zu wecken. Jetzt sind es nur noch drei!« Der Diener gähnte wieder. Dieses Mal ganz unmanierlich, ohne die Hand vor den Mund zu halten.

»Drei was?«, fragte Polly verdutzt.

»Drei Prinzessinnen natürlich. Dachtest du denn, du wärst die

einzige? Wie komisch, also wirklich! Schließlich ist dies ein Wettbewerb, kleines Mädchen. Weißt du etwa nicht, was das ist?« Knurr bog sich vor Lachen. Polly hätte ihm am liebsten mit einer Ohrfeige zum Schweigen gebracht.

»Aber ihr seid zum Glück die Letzten, dann ist das Spektakel für dieses Jahr vorbei«, seufzte Knurr, nachdem sein Lachanfall vorüber war. »Dann kann ich endlich in Urlaub fahren ... aaahh ... !«

»Wenn Sie uns dann bitte endlich hineinlassen würden«, fiel ihm die Königin zornig ins Wort. »Wir sind inzwischen völlig durchnässt!«

Der König öffnete seine Geldbörse und wollte Alfons für seine Unterkunft ein paar Taler geben. »Lassen Sie nur, König Polidor«, wehrte Alfons verlegen ab. »Ich hab ein bisschen gespart und Sie werden das Geld bestimmt noch brauchen!« Er hob die Hand und zwinkerte Polly zu. Polly seufzte, als sie ihn hinter einer Straßenecke verschwinden sah.

»Unfähiges Personal«, hörte Polly ihre Mutter leise fluchen.

Polly schlüpfte hinter ihr durch die Tür und trat im Vorbeigehen dem frechen Diener mit Schwung auf den Fuß. Er jaulte auf und hüpfte auf einem Bein.

»Oh pardon, das tut mir aber wirklich außerordentlich Leid!«, flötete Polly.

»Das wirst du mir büßen!«, keuchte Knurr. »Die Audienz ist um halb acht. Keine Sekunde später. Also erfrischen Sie sich und ich hole Sie in ein paar Minuten ab«, brüllte der Diener, dann humpelte er schimpfend davon.

6. Kapitel

Glücklicherweise hatte Polly ein eigenes Badezimmer. Sie warf ihren Mantel über einen Stuhl und sauste auf die Toilette. Dann wusch sie sich die Hände unter einem goldenen Wasserhahn, nahm seufzend ein Handtuch von einem Stapel, der auf dem Rand der großen blütenweißen Badewanne lag, und trocknete sich ab. Windzerzaust und blass blickte sie ihr Gesicht im Spiegel über dem Waschbecken an.

Obwohl es hier wirklich sehr komfortabel war, wollte Polly so schnell wie möglich wieder weg.

Sie war müde und hungrig. Alle Brote, die Alfons geschmiert hatte, waren längst aufgegessen. Hoffentlich gab es nachher ein Gurkensandwich oder wenigstens ein kleines Stück Kuchen.

Fünf Minuten nach sieben hämmerte Knurr an die Tür. »Ein bisschen Beeilung bitte, die königliche Familie wartet schon!«, bellte er.

Polly bürstete sich rasch noch das widerspenstige Haar, was aber nichts half, weil es wie immer sehr widerspenstig war. Königin Betty und König Polidor hatten zur Feier des Tages ihre

mit Edelsteinen besetzten Kronen aufgesetzt. Die waren das Kostbarste, was die königliche Familie noch besaß.
Eine Trompetenfanfare ertönte, als sie den Thronsaal betraten. Er war so hoch wie eine Kathedrale und hatte einen rosa Marmorboden. Alle Wände waren mit Spiegeln verkleidet, von den Deckenleuchtern baumelten bunte Kristallketten wie gläserne Blumengirlanden herab. Polly war überwältigt von dieser Pracht.
Der ganze Hofstaat und alle Gäste waren nach der neuesten Mode gekleidet. Die Frauen trugen wippende Reifröcke unter ihren seidenen Rüschenkleidern. Sie waren mit Schmuck behängt wie die Tannenbäume am Weihnachtsabend. Die Männer spazierten in schwarzen Fräcken und bunten Seidenkrawatten herum. Ihre Zylinder waren so hoch wie zehnstöckige Baumkuchen und die Hutbänder mit funkelnden Steinen geschmückt.
Auf einem kleinen, mit gelbem Samt bespannten Sockel thronten König Ralf und Königin Emma auf goldenen Stühlen. Er sah aus wie ein Riese und sie wie eine Fee. Besonders auffallend waren die großen, runden Augen der Königin, während die des Königs wie Echsenaugen schläfrig unter schweren Lidern lagen.
»Herzlich willkommen in unserem Reich«, rief der König und der Hofstaat klatschte mit einer solchen Begeisterung, als hätte der König eine lange, wichtige Rede gehalten.
»Wir freuen uns, dass Sie unserer Einladung gefolgt sind. Denn es ist wirklich höchste Zeit, dass endlich eine Prinzessin kommt, die unseren Sohn wieder zum Leben erwecken kann. Seit drei

Jahren schläft er nun schon und wir sind die traurigsten Eltern der Welt«, fuhr der König mit ernster Stimme fort. Er legte seine Hand auf die von Königin Emma, die kurz zusammenzuckte.

»Hoffentlich wird es Ihrer Prinzessin endlich gelingen, uns unseren Sohn zurückzugeben!«

Die Hofdamen zückten große gelbe Taschentücher und drückten sie auf ihre kummervollen Gesichter. Die Herren nahmen ihre Zylinder ab und senkten die Köpfe, als wären sie auf einer Beerdigung.

»Aber nun gut!« Der König glättete das rote Ordensband über seiner Brust. Die Hofdamen ließen die Taschentücher wieder verschwinden, die Männer setzten ihre Zylinder auf. »Die Be-

dingungen für unseren Wettbewerb kennen Sie ja, schließlich haben Sie einen Vertrag unterschrieben. Dann wollen wir erst einmal die Regeln verlesen und danach laden wir Sie zu einem kleinen Imbiss mit den beiden anderen königlichen Familien ein!«
Der König klatschte in die Hände. »Gräfin Großbauch, bitte!«
Eine der Hofdamen trippelte mit schaukelndem Rock nach vorn. Sie lief, als hätte sie Hufe, aber vielleicht waren auch bloß ihre silbernen Schuhe zu spitz. Sie klemmte sich zwei Augengläser mit Goldrand auf den Nasenrücken, schlug einen Aktendeckel auf und las.
»Regeln für den Wettbewerb!« Gräfin Großbauch ließ ihre Blicke schweifen, dann leckte sie sich die dünnen flammend rot geschminkten Lippen und fuhr fort. »Regel Nummer eins, die Prinzessin darf den Prinzen nicht berühren . . .«
»Na, ein Glück, dann muss ich ihn wenigstens nicht küssen«, murmelte Polly und erntete zurechtweisende Blicke von allen Seiten.
»Regel Nummer zwei«, sagte die Hofdame streng und musterte Polly tadelnd. »Die Prinzessin darf keine Tiere verwenden!«
Polly hatte alle Mühe, ein Kichern zu unterdrücken. Als ob man Tiere wie Zutaten für einen Kuchenteig v e r w e n d e n könnte.
Königin Betty zwickte Polly in den Oberarm.
»Autsch!« Polly blickte ihre Mutter zornig an.
»Regel Nummer drei«, rief Gräfin Großbauch laut. »Die Prinzessin darf dem Prinzen nicht zu nahe kommen. Der Abstand muss genau drei Meter betragen!«

Seltsame Regeln, dachte Polly. Wieso musste es überhaupt welche geben? Wenn der Prinz geweckt werden sollte, war es doch eigentlich egal, wie. Hauptsache, er kam wieder auf die Beine.

»Regel Nummer vier, die Prinzessin hat in drei Tagen nur dreimal eine halbe Stunde Zeit, ihr Glück zu versuchen. Diese Zeit darf nicht um eine einzige Sekunde überschritten werden! Außerdem ist es den Prinzessinnen untersagt, in den Schlossturm zu steigen!«

Die Hofdame klappte den Aktendeckel zu, verneigte sich vor dem königlichen Paar und ging an ihren Platz zurück.

»Ich denke, dafür hat unsere liebe Gräfin Großbauch einen Applaus verdient!«, rief der König und applaudierte als Erster.

Gräfin Großbauch wurde rot und verneigte sich nach allen Seiten.

»Hast du die Regeln verstanden, Prinzessin Polidora?«, fragte König Ralf mit einem Lächeln, das kein Lächeln, sondern eine hämische Grimasse war.

»Ja, das habe ich. Allerdings verstehe ich nicht, welchen Sinn sie haben«, erwiderte Polly.

Königin Betty entfuhr ein leiser Schrei. Den Thronsaal durchzitterte ein Flüstern, Kichern, Fächerklappen. Die Männer zwirbelten ihre langen Oberlippenbärte. Jetzt zeigte sich sogar im Gesicht der Königin etwas Leben. War das Neugier oder die Spur eines Lächelns?

»Nun, kleine Prinzessin, in deinem Alter findet man vermutlich jede Regel überflüssig, nicht wahr!«, rief König Ralf. Das erregte große Heiterkeit und der ganze Hofstaat lachte. »Aber nun wollen wir zum Essen schreiten!« Das Königspaar erhob sich und der Hofstaat verneigte sich. »Geh nur voraus, Emma! Und Sie, König Polidor, begleiten mich bitte zuvor auf ein kleines Glas Kirschwein in die Bibliothek!«

7. Kapitel

»Wenn ich nur wüsste, was König Ralf von deinem Vater will?«, überlegte Königin Betty laut. Das beschäftigte sie so, dass sie darüber vergaß, Polly eine Strafpredigt zu halten, weil sie so vorlaut gewesen war.

»Na, er will ein Glas Kirschwein mit Papa trinken, was ist denn dabei?«, sagte Polly. Es interessierte sie viel mehr, was es gleich zu essen geben würde.

»Der Wein war nur ein Vorwand. Ich weiß es genau, ich spüre es, ich ahne es«, sagte die Königin nervös und umklammerte ihre falsche Perlenkette.

Polly dachte an Gulasch und hörte kaum zu. »Latsche nicht so, sondern laufe anmutig!«, schimpfte die Königin. »Wenn wir gleich den beiden anderen Königsfamilien vorgestellt werden, dann möchte ich nicht, dass du uns blamierst!«

Pollys Magen knurrte. Sie machte extra alberne Trippelschritte. Königin Betty bog ihre Schultern nach hinten, zupfte da ein Fädchen von Pollys Kleid und klaubte dort einen Krümel von ihrem Kragen.

»Da warten sie auch schon«, flüsterte die Königin, nahm Polly an der Hand und zerrte sie hinter sich her. »Nicht latschen, hab ich gesagt!«, zischte Königin Betty, als sie plötzlich erschrocken stehen blieb. »Aber das ist doch Otto, mein Otto!«, flüsterte sie mit erstickter Stimme.

»Der Dicke?«, prustete Polly. »Da sieht unser Papa aber tausend Mal hübscher aus!« König Otto aus dem Land Wennschon-Dennschon hatte nicht nur einen enormen Bauch, sondern er trug ein Gewand mit breiten grünen Streifen, was ihn noch viel umfangreicher erscheinen ließ. Wennschon, dennschon! Der König machte seinem Wappenspruch alle Ehre.

»Betty, bist du es wirklich?«, rief König Otto und strahlte über das ganze rote Mondgesicht. Er hatte kaum noch Haare und ein Doppelkinn. Aber er sah sehr gemütlich aus.

»Otto, wie schön dich zu sehen!«, sagte Königin Betty. Sie lächelte mit zusammengebissenen Zähnen und ließ sich von dem Dicken umarmen.

»Das ist meine Frau Gunda und das meine Tochter Niagara!«, stellte Otto stolz seine Familie vor. Königin Gunda war klein und rund, hatte Hängebäckchen und einen gewaltigen, in rosa Rüschen verpackten Busen. Auch die Prinzessin war klein und rund, sie hatte leicht vorstehende Zähne und steife Locken. Beide trugen nagelneue Kleider, an denen noch die Schilder des Schneiders hingen.

»Wie schön, Sie einmal kennen zu lernen, liebste Gunda«, flötete Königin Betty.

»Ja danke, wirklich schön!«, brummte Königin Gunda und reck-

te das Kinn, damit man den riesigen Diamanten an der dicken goldenen Kette sah.
Königin Betty wurde vor Neid etwas gelb um die Nasenspitze.
»Ich bin Polly«, sagte Polly munter zu Niagara. »Hast du schon eine Idee, wie du den Prinzen wecken willst?«
Die Prinzessin schien etwas begriffsstutzig zu sein und machte ein verdutztes Gesicht, also wiederholte Polly ihre Frage.
»Aber Polly«, rief Königin Betty schrill dazwischen. »Das darf sie doch nicht verraten, schließlich ist das ein Wettbewerb, nicht wahr!«
Niagara nickte und ihre Locken wippten heftig. »Ich habe jede Menge Wettbewerbserfahrung«, posaunte sie in den Saal. »Wennschon, dennschon mache ich jeden Monat bei einem Wettbewerb mit und ich gewinne immer. Auch den hier werde ich gewinnen!«
Polly zuckte die Schultern. »Das werden wir ja sehen. Ich habe nämlich auch eine sensationelle Idee.« Was natürlich gelogen war, denn Polly hatte keinen blassen Schimmer, wie sie es anstellen sollte, dem Prinzen auch nur ein Zucken seiner Wimpern zu entlocken.
»Jetzt oder nie!«, brüllte es da durch das Zimmer. »Ich traue meinen Augen kaum, meine allerliebste Betty, komm lass dich umarmen!«
Königin Betty krümmte sich, als hätte sie Schmerzen. »Die hat mir gerade noch gefehlt«, stöhnte sie, setzte aber gleich darauf ihr liebenswürdigstes Lächeln auf.

»Erkennst du mich nicht?«, brüllte eine Frau in roten Rüschen und kam wie ein Wirbelwind durch den Saal gefegt. »Ich bin Rosalba, deine alte Schulfreundin und jetzt Königin von Jetzt-Oder-Nie!«
Königin Rosalba riss Pollys Mutter stürmisch in die Arme. In ihrem Schatten stand ein kleines, unscheinbares Mädchen mit hellen Augen und blasser, sommersprossiger Haut. Ein König war nicht dabei. Er habe in einer wichtigen geschäftlichen Angelegenheit abreisen müssen, erklärte Königin Rosalba schnell und schob ihre Tochter in die Mitte. »Das ist Ninifee, meine süße, kleine Tochter. Jetzt oder nie sagst du den Leuten artig Guten Tag!«
»Guten Tag!«, sagte die zarte Prinzessin leise, hob mit zwei Fingern den Saum ihres Kleides an und machte einen Knicks. Sie sah aus wie eine blasse Blume, auf die noch nie ein Sonnenstrahl gefallen war.
Während die königlichen Eltern sich jede Menge falscher Komplimente machten, hüllten sich die drei Prinzessinnen in Schweigen. Niagara zupfte an ihren Löckchen herum und stellte sich auf die Zehenspitzen, um sich in einem der vielen Spiegel zu betrachten. Ninifee starrte die ganze Zeit auf den Boden. Pollys Magen knurrte. Wie lange würde der versprochene Imbiss denn noch auf sich warten lassen? Endlich öffnete sich die Tür, aber es war nur König Ralf, der in Begleitung von Pollys Vater den Saal betrat.
»Wie ich sehe, haben die königlichen Familien schon Freundschaft geschlossen«, rief König Ralf mit falscher, viel zu dick

aufgetragener Freundlichkeit. Aber was zog Pollys Vater bloß für ein Gesicht? So ernst und traurig hatte die Prinzessin ihren Vater noch nie gesehen.

»Was ist los, Papa?« Polly zupfte an seiner Ärmelmanschette.

»Los, wieso, warum, mit mir, nichts ist los, gar nichts, wie kommst du darauf, dass etwas los sein könnte!«, stotterte König Polidor. »Mach dir keine Sorgen, kleine Prinzessin. Es ist alles in Ordnung!«

Polly glaubte ihm kein Wort. Du lügst, wollte Polly sagen, als König Ralf die Stimme erhob. »Leider ist unser Koch an den Masern erkrankt. Der neue Koch muss sich erst einarbeiten, sodass

wir sie leider nur mit ein paar Keksen und etwas Saft bewirten können«, sagte König Ralf und klatschte in die Hände. Zwei Zofen flatterten mit silbernen Schüsseln und Saftkrügen herein.
»Bitte bedienen Sie sich«, sagte König Ralf. »Meine Frau müssen Sie leider entschuldigen, sie war etwas matt und ist schon zu Bett gegangen!«
Nur Kekse, dachte Polly, zu allem Übel auch noch trockene.
Doch da sie kurz vor dem Verhungern war, hätte sie auch eine Wäscheklammer angenagt. Sie stopfte sich einen ganzen Keks in den Mund und ließ noch ein paar in ihrem Beutel verschwinden.
»Das ist unmanierlich«, sagte Niagara abfällig. »Wennschon, dennschon hättest du die Kekse auf einen Teller legen und dir eine Serviette nehmen müssen!«
»Was du nicht sagst!«, meinte Polly grinsend, klaubte zwei Kekse aus der Schale und stopfte sie beide auf einmal in den Mund. »Ich esse furchtbar gern unmanierlich«, schmatzte sie und schlürfte den Saft aus ihrem Glas.
»Eine wie du wird den Prinzen niemals wecken«, erklärte Niagara verächtlich.
Ninifee zuckte zusammen. Sie schaute Polly verlegen und auch ein wenig forschend an.
»Eine Prinzessin, die schmutzige Hände und schäbige Kleider hat«, fuhr Niagara fort und rümpfte die Nase.
Polly schaute an sich herunter und sah, dass sie ihr Kleid mit Saft bekleckert hatte und ein loses Fädchen aus einem Knopfloch hing.

»Und wo ist deine Krone?«, fragte Niagara gehässig. »Hast du überhaupt eine? Eine Prinzessin ohne Krone, ha!«
Erst da bemerkte Polly, dass sowohl Ninifee als auch Niagara zarte Diademe trugen. Man sah sie kaum, weil sie so winzig waren. Sie funkelten wie kleine Sterne in ihrem Haar. Polly hatte eine eigene Krone nie vermisst. Doch jetzt, als sie sah, wie hübsch diese kleinen Diademe waren, bedauerte sie zum ersten Mal, dass sie selbst keines besaß.
»Natürlich habe ich eine Krone. Schließlich bin ich eine Prinzessin. Ich trage sie aber nicht an jedem Kleckerklackertag«, entgegnete Polly erbost. Wie elektrisiert sprangen ihre Haare auf und standen nach allen Seiten ab. Das passierte immer, wenn Polly wütend war. Ninifee und Niagara wichen erschrocken zurück.
»Ob mit oder ohne Krone, *ich* werde den Prinzen wecken, ihr werdet schon sehen«, erklärte Polly angriffslustig.

8. Kapitel

Bis zu diesem Augenblick war es Polly eigentlich egal gewesen, ob es ihr gelingen würde, den Prinzen zu wecken oder nicht. Doch jetzt packte sie der Ehrgeiz. Auch ohne Krone blieb Polly eine Prinzessin. Sie war weder dumm noch ängstlich, sie hatte Phantasie und Mut. Aber sie hatte verflixt noch mal nicht den Funken einer Idee!

Polly setzte sich im Schneidersitz auf ihr weiches Bett, legte die Hände mit den Handflächen nach oben auf die Oberschenkel und schloss die Augen. Alfons war der Meinung, dass man in dieser Haltung am besten denken konnte. »Ich denke, ich denke«, sprach Polly mit leiser Stimme vor sich hin, »ich denke, ich denke, ich denke.« Verflixt noch mal, war das Denken schwer. Plötzlich hörte sie an der Tür Stimmen und Gepolter.

»Das ist nicht erlaubt«, schnaubte Knurr. »Außerdem schläft die Prinzessin schon!«

»Ich habe eine wichtige Nachricht für die Prinzessin, welche den Wettbewerb betrifft, die wollen Sie ihr doch nicht vorenthalten!« Das war unverkennbar Alfons.

Polly riss die Tür auf und flog ihrem Freund in die Arme.

»Aber nur fünf Minuten«, krähte Knurr.
»Das hast du überhaupt nicht zu bestimmen, D i e n e r. Also troll dich. Mein Freund kann so lange bei mir bleiben, wie er will.« Polly winkte ungeduldig mit der Hand. Knurr lief rot an, warf empört seinen Kopf in den Nacken und schloss mit einem lauten Knall die Tür.
»Wie geht es dir, kleine Prinzessin?«, fragte Alfons. Als er Polly einmal im Kreis drehte, flogen die Hüte an seinem Gürtel hoch wie die Gondeln an einem Karussell. Dann setzte er sie wie eine Puppe aufs Bett.
»Mit geht's hundsmiserabel«, erwiderte Polly gequält und ließ ihre Beine baumeln. »Mal abgesehen davon, dass hier alles ganz schrecklich ist, weiß ich einfach nicht, wie ich den Prinzen wecken soll. Es gibt nämlich Regeln, stell dir vor, und die Prinzessinnen haben beide Kronen, und Mamas Otto war da, rund wie ein Weinfass, sage ich dir . . . und überhaupt und sowieso . . .«, plapperte Polly.
Alfons hörte geduldig zu, hin und wieder nickte er, als hätte er das alles längst geahnt. Es war sogar schon vorgekommen, dass Alfons genau das ansprach, was Polly gerade durch den Kopf gegangen war, und ein anderes Mal wusste er von einem Ereignis, noch ehe es in der königlichen Zeitung stand.
»Kannst du mir nicht sagen, was ich machen soll, Alfons?«, fragte Polly jämmerlich. Draußen rauschte sanft und gleichmäßig der Regen. Mal regnete es stärker, dann wieder schwächer. Kein Wunder, dass der Prinz bei einem solchen Wetter lieber schlief.

»Überleg mal, welche Möglichkeiten du hast«, sagte Alfons. Der Mond übergoss seine Glatze mit einem geheimnisvollen Licht, als trüge Alfons einen silbernen Helm.
»Sehen kann der junge Prinz nicht, wenn er schläft. Es sei denn, er schläft mit offenen Augen, was ich nicht glaube. Berühren darfst du ihn auch nicht, leider, sonst hättest du ihn kitzeln können!« Polly kicherte. »Also was kannst du machen?«
Polly dachte über ihre Talente nach. Sie spreizte die fünf Finger ihrer linken Hand und betrachtete sie.
»Erstens: Wenn ich singen könnte, würde ich singen. Aber leider singe ich nicht sehr gut, wie du weißt«, seufzte Polly und knickte den Daumen ein. Bestimmt erinnerte sich Alfons noch daran, wie er versucht hatte Polly das Singen nach Noten beizubringen. Ihre kläglichen Versuche hatten sich schlimmer als das Jaulen der wilden Katzen angehört, die durch den Schlossgarten streiften.
»Zweitens, musizieren. Aber ein Instrument spiele ich auch nicht«, Polly knickte den Zeigefinger ein. »Drittens . . . drittens . . .« Etwas Drittes fiel ihr nicht ein. Es war zum Ameisenmelken! Sie konnte malen, tanzen und hatte schon viele dicke Bücher gelesen, aber Polly besaß nicht ein einziges Talent, das hier zu gebrauchen war.
»Finde heraus, warum der Prinz in den Schlaf gefallen ist«, sagte Alfons plötzlich. »Wenn du den Grund kennst, dann weißt du auch, wie du ihn wecken kannst!«
Polly runzelte die Stirn. »Man müsste seine Eltern fragen«, murmelte sie.

»Das wird nicht viel nützen, denn sie werden es dir nicht sagen können!«, erwiderte Alfons.

»Wenn sie es nicht wissen, wer dann?«, fragte Polly ratlos.

»Ich habe nicht gesagt, dass sie es nicht wissen, Polly!«

Er nahm seinen grünen Alfons-Hut und zog ihn tief in die Stirn.

»Jetzt begreife ich überhaupt nichts mehr«, jammerte Polly.

»Dann streng dich ein bisschen an! Aber spute dich, Prinzessin, du hast nur drei Tage Zeit! Und sei unbesorgt, ich werde immer in deiner Nähe sein.« Alfons gab der Prinzessin einen Kuss auf die Stirn und verschwand.

9. Kapitel

Kaum war Alfons fort, ließ ein Schrei im Nebenzimmer die Prinzessin erschrocken zusammenzucken.

»Das darf doch nicht wahr sein, Polidor!«, brüllte die Königin so laut, dass Polly jedes Wort verstehen konnte. »Wie konntest du nur unsere Kronen verpfänden. Seit Jahrhunderten haben sie unserer Familie gehört!«

»König Ralf hat mir keine Wahl gelassen!«, hörte Polly ihren Vater klagen. »Schließlich habe ich den Vertrag unterschrieben und darin stand, dass eine Wettbewerbsgebühr von hundert Talern erhoben wird. Aber es war so klein gedruckt, dass ich es übersehen habe . . . alles meine Schuld . . . alles meine Schuld . . . vielleicht werde ich . . . irgendwann . . . oder auch nie . . .!«

»Die kostbaren Kronen«, flüsterte Polly. Das also hatte ihren Vater so bedrückt! Jetzt besaßen sie überhaupt nichts mehr. Wie hinterhältig das eingefädelt war. Schließlich hatte König Ralf die Prinzessin und ihre Eltern nach Immer-Und-Überall eingeladen. Was war das denn für ein Königreich, wo man Gäste für eine Einladung bezahlen ließ?

»Er hat gesagt, wenn es unserer Polly gelingt, den Prinzen zu wecken, dann bekämen wir die Kronen natürlich zurück. Wir hätten dann ja einen Sack voller Gold gewonnen und könnten sie damit auslösen«, erzählte der König.

Die Königin fauchte wie eine Raubkatze. »So ein Halsabschneider, oh, wie ich den Tag verfluche, an dem diese vermaledeite Einladung in unser Haus geflattert ist. Ich habe gleich meine Bedenken gehabt, erinnerst du dich, Polidor . . . ich habe gesagt . . . und dann noch diese Rosalba . . . weißt du, wie viele Zimmer ihr Schloss hat . . . und Otto kann . . . und . . . und . . . und . . . andererseits frage ich mich natürlich, warum sie nicht ans Grüne Meer gefahren sind, wie der Postmeister behauptet hat . . . was wohl dahintersteckt . . .?«

Polly hatte genug gehört. Sie legte sich ins Bett und zog sich die Bettdecke über den Kopf. Wäre Alfons doch noch da gewesen! Bestimmt hätte er Polly eine schöne Geschichte erzählt und sie in ein luftleichtes Reich entführt, wo es weder zankende Eltern noch einen schlafenden Prinzen gab, der vielleicht gar keine Lust hatte, aufzuwachen. Schließlich hatten sich schon hunderte von Prinzessinnen abgestrampelt ihn wach zu kriegen. Aber keine hatte es geschafft! Warum sollte es ausgerechnet Polly gelingen?

Der Regen rauschte. Polly fiel in einen tiefen Schlaf und wachte mitten in der Nacht wieder auf. Sie war der Meinung, sie hätte jemanden singen gehört. Polly schlug die Bettdecke zurück und ging zum Fenster. Sie steckte ihren Kopf durch den Vorhang und blickte hinaus. Alle Fenster waren dunkel, nur im

Turmzimmer brannte ein Licht und zwei Schatten bewegten sich hinter dem Fenster. Wer ging um diese Zeit in diesem Gemach herum? Schlief dort vielleicht der Prinz und es war den Prinzessinnen deshalb verboten, in den Turm zu steigen? Polly zögerte noch einen Augenblick, dann zog sie ihren Mantel an und schlüpfte in ihre Schuhe. Sie ging auf Zehenspitzen und atmete ganz flach, weil es so still war, dass man sogar den Staub in der Luft knistern hörte. Deshalb zog sie ihre Schuhe lieber aus, nahm sie in die Hand und ging auf Strümpfen weiter. Alte Männer mit spitzen Bärten und steifen Spitzenkragen schauten aus dunklen Gemälden streng auf Polly herab. Im Mondlicht sahen sie besonders Furcht erregend aus. Hörte Polly sie nicht sogar leise Warnungen flüstern? *Untersteh dich weiterzugehen und dir alles anzusehen, untersteh dich weiterzugehen und dir alles anzusehen!* Oder träumte Polly noch immer? So leicht war die eine von der anderen Welt manchmal gar nicht zu unterscheiden. Besonders dann nicht, wenn man kurz nach Mitternacht durch ein fremdes Schloss streifte, das wie jedes alte Gebäude dunkle Geheimnisse barg.
Mit klopfendem Herzen erklomm Polly die Stufen der Schlossturmtreppe, die sich steil nach oben wand. Das Turmzimmer befand sich direkt unter dem Dach. Polly stellte ihre Schuhe auf den Boden und lauschte an der Tür.
»Du musst etwas essen, hörst du! Diesen herrlichen Kuchen hat unser neuer Koch gebacken und riechst du den Zimt in der Schokolade . . . bitte . . . ach, wenn du doch nur mit mir reden

würdest, aber du bist mir böse . . . ich weiß ja . . .«, sagte eine sanfte Frauenstimme. Polly beugte sich über das Schlüsselloch, aber von innen steckte ein Schlüssel, sodass Polly nichts erkennen konnte.

»Diese Prinzessinnen sind wirklich zu komisch. Nur diese eine aus dem Land Vielleicht-Und-Irgendwann scheint ein kluges Mädchen zu sein . . . König Ralf hat sie . . .«, die Stimme erstarb in einem Flüstern.

»Sie heißt Polidora, aber sie wird nur Polly gerufen«, dann wieder lauter fast heiter fuhr die Stimme fort. »Eine richtige kleine

Windsbraut mit ihren wilden blonden Locken. Heute trug sie ein veilchenblaues Kleid und war die hübscheste von allen. Die anderen beiden sind absolut indiskutabel. Eingebildet die eine und die andere sieht aus wie eine blasse Blume . . . schade, dass auch die kleine Polly unverrichteter Dinge wieder abreisen wird . . . wirklich schade . . .« Obwohl ihr niemand antwortete, sprach die Stimme unverdrossen weiter.

Sie spricht mit dem schlafenden Prinzen, schoss es Polly durch den Kopf. Dann war es vielleicht Königin Emma, die in der Nacht am Bett des Prinzen wachte. Aber wie sollte er essen, wenn er schlief? Warum sprach sie mit ihm, wenn er sie doch nicht hören konnte, und warum hatte Polly zwei Schatten gesehen?

»Ach, was erzähle ich dir da, du weißt es ja alles selbst und bist weder an der einen noch an der anderen besonders interessiert«, sagte die Königin. »Bald wirst du wieder deine Ruhe haben!«

Polly drückte ihr Ohr noch fester an das Holz. Da näherten sich Schritte der Tür. Der Schlüssel drehte sich im Schloss.

»Gute Nacht, Peter, ich gehe jetzt zu Bett!«, sagte die Königin.

Polly sprang zurück, raffte ihren Rock und floh.

10. Kapitel

Polly war so hastig davongelaufen, dass sie ihre Schuhe im Schlossturm vergessen hatte. Aber das bemerkte sie erst am nächsten Morgen, als sie sich anziehen wollte. Sie hatte nur dieses eine Paar dabei und würde jetzt wohl oder übel auf Strümpfen oder barfuß gehen müssen. Zu allem Unglück war auch noch ihr Kleid voller Knitterfalten, weil sie es achtlos auf das Bett geworfen und darauf geschlafen hatte. Keine Krone, keine Schuhe, keine Idee!

Der Hofstaat würde sich bei ihrem Anblick vor Lachen biegen. In den Zeitungen aller Königreiche würden sie von Pollys armseligem Auftritt berichten. *Nicht nur, dass die Prinzessin weder Schuhe noch Strümpfe trug, auch war ihr Auftritt der langweiligste, den das Königreich je gesehen hat!*

Polly war noch beim Zähneputzen, da scharrte Knurr schon an der Tür. Höchst übellaunig teilte er der Prinzessin mit, dass es nun Zeit wäre, zum Wettbewerb anzutreten. Wieder umgab ihn dieser muffige Geruch, als würde er sich nie waschen und immer dieselben Kleider tragen.

»Ohne Frühstück?«, rief Polly entsetzt und wischte sich Zahn-

pastaschaum vom Mund. Heute Morgen hatte sie den letzten Keks verputzt, seitdem knurrte ihr Magen vorwurfsvoll.
»Natürlich steht ein kleiner Imbiss für dich bereit!«, erwiderte Knurr und starrte Pollys nackte Füße an. »Wo hast du denn deine Schuhe gelassen?«, fragte er lauernd.
Polly wurde rot. Wusste er etwa von ihrem nächtlichen Ausflug? Forschend blickte Polly den Diener an. Er zwirbelte seine Oberlippe und hatte einen dämlichen Blick. Nein, er war ahnungslos.
»Ich gehe barfuß«, erklärte Polly hochmütig. »Das gehört zu meiner Idee, verstanden!«
»Auf diese Idee bin ich aber äußerst gespannt!«, knurrte Knurr. Sein linkes Lid zuckte und in seinen Augen blitzte es listig auf.
Wenn ich doch nur eine Idee hätte!, dachte Polly. Sie folgte Knurr in ein kleines düsteres Zimmer mit einem winzigen Fenster, das eher einer Abstellkammer glich. Die beiden anderen Prinzessinnen saßen steif und schweigend an einem kurzen schmalen Tisch.
Niagara trug ein enges orangefarbenes Kleid, in dem sie kaum Luft bekam, und Ninifee einen Turban mit einem Schleier unter dem Kinn.
Eine kleine silberne Flöte lag neben ihrem Teller auf einem Notenblatt. Ninifee blickte so kummervoll in ihren Haferbrei, als müsste sie Ameisen verspeisen. Die königlichen Eltern frühstückten in einem anderen Raum. Ihre Töchter sollten sich ungestört auf ihren großen Auftritt vorbereiten können.

»Du siehst ja noch schäbiger aus als gestern. Hast du nur dieses eine Kleid?«, rief Niagara gehässig.
Polly setzte sich auf ihren Stuhl. Hätte ihr Kleid einen Kragen gehabt, wäre er mit Sicherheit geplatzt. »Und wenn ich dir nun sagen würde, dass es ein Zauberkleid ist?«, trumpfte sie auf.
Jetzt schaute sogar Ninifee überrascht von ihrem Teller auf.
»Zauberkleid, hihi!«, kicherte Niagara. »Und jetzt behauptest du gleich noch, eine Fee hat es dir geschenkt, was?«
»Erraten, Niagara. Eine Fee hat es mir geschenkt, damit ich in genau diesem Kleid den Prinzen wecken kann!«

Niagara starrte Polly ungläubig an. Doch Polly nickte.
Obwohl es seit ewigen Zeiten weder Zauberer noch Hexen und auch keine Feen in den Königreichen mehr gab, hätte es ja sein können, dass sie heimlich wiedergekommen waren. Polly hatte nie daran gezweifelt, dass die Zauberwesen immer noch irgendwo verborgen in Höhlen, Brunnen, Kellern oder in Seifenblasen lebten, die manchmal über dem Schlosspark schwebten.
»Würdest du an die Zauberwesen glauben, dann hätten sie dich bestimmt auch schon einmal besucht«, erklärte Polly mit übertriebenem Ernst.
Niagara lief rot an und löffelte verbissen ihren Haferbrei, während sich auf Ninifees Gesicht ein zartes Lächeln stahl.
Plötzlich ging die Tür auf und der Koch spazierte herein. Knurr musterte ihn griesgrämig. Die königlichen Köche hielten sich normalerweise in der Küche auf.
»Wie ich schehe, schmeckt es ihnen nischt, oh weh! Ich habe gleisch geschagt, dass ich den Prinscheschinnen lieber Torte schervieren will, aber diesche königlischen Vorschriften«, jammerte der Koch. Polly stutzte, diese Stimme kannte sie doch, und hob den Kopf. Da stand Alfons, als Koch verkleidet mit roter Perücke, einem Bauch und falschen, langen Vorderzähnen.
»Darf ich mich vorschtellen«, rief Alfons überschwänglich. »Ich bin Egon, der neue Koch!« Pollys Laune besserte sich im Nu. Alfons war doch wirklich ein Teufelskerl. Wie hatte er das nur wieder gemacht?

»Haferbrei ist gesund«, wetterte Knurr. »Wo kämen wir denn dahin, wenn wir jeden Tag Torte servieren würden! Und jetzt ab in deine Küche, Koch, na geh schon, geh, was willst du noch hier?«

»Isch möschte den Prinscheschinnen viel Glück wünschen und ihnen schagen, dass schisch allesch löschen läscht, wenn man die rischtigen Fragen weisch«, rief Alfons, schwenkte in einer tiefen Verbeugung seine Kochmütze, setzte sie wieder auf und verschwand. Polly hatte verstanden. Sie hätte nur gern gewusst, welches die richtigen Fragen waren.

»Phhf!« Niagara knallte ihr leeres Saftglas auf den Tisch. »Wieso Fragen, schön laut muss es sein, wennschon, dennschon so laut, dass es kracht!«

Endlich war es so weit, Knurr verteilte die Lose, die bestimmen sollten, in welcher Reihenfolge die Prinzessinnen auftreten würden. Niagara zog die Nummer eins, Ninifee war die Nummer drei und Polly die Nummer zwei.

»Dann wollen wir mal, Prinzessin Niagara«, sagte Knurr. »Ihre Trommeln stehen bereit!« Er öffnete die Tür. »Wenn Sie mich dann bitte in den Thronsaal begleiten wollen. Der Prinz wird in diesem Augenblick dort eingetroffen sein!«

Ninifee presste ihre kleine Flöte an die Brust und stieß einen todtraurigen Seufzer aus.

»Sie will trommeln, oh weh«, jammerte sie und schielte ihre Flöte an.

Niagara grinste hämisch. »Da staunt ihr, was! Tja, dann könnt

ihr beiden schon mal eure Sachen packen, spätestens in einer halben Stunde macht der Prinz seine Äuglein auf!«
»Nimm deinen Mund bloß nicht zu voll, du Angeberin!«, fauchte Polly.
Als Niagara das Zimmer verlassen hatte, brach Ninifee in Tränen aus.
»Sie wird es schaffen und dann ist alles aus! Dabei brauchen wir dringend Geld«, schluchzte sie und schnaubte die Nase in ihren Schleier.
»Mein Vater ist nämlich gar nicht in königlichen Geschäften unterwegs, sondern um Geld für die Wettbewerbsgebühr aufzutreiben ... Aber das ... das ... das darfst du niemandem verraten!«, stammelte sie atemlos.
Polly schüttelte lächelnd den Kopf. »Keiner erfährt ein Wort von mir. Aber meiner Familie geht es auch nicht viel besser! Mein Vater musste unsere Kronen verpfänden, um die Wettbewerbsgebühr zu bezahlen!«
Plötzlich wackelten die Vasen auf den Kommoden, ein Bild fiel von der Wand, dumpf dröhnte das Schlagen der Trommeln durch das Schloss. Die Prinzessinnen hielten sich die Ohren zu.
»Wenn der Prinz nicht einmal davon erwacht, dann wird es mir mit meiner Flöte n i e gelingen«, brüllte Ninifee.
»Wir dürfen nicht den Mut verlieren!«, brüllte Polly zurück.
Ninifee zuckte die Schultern, sie hatte den Mut schon längst verloren und wollte nur noch nach Hause. »Aber ich habe ja kein

Zuhause mehr. Kommen wir ohne den Sack voller Gold zurück, dann gehört uns nicht einmal mehr das Schloss!«, wehklagte Ninifee. Beide ließen ihre Hände sinken.

»Wenn du jetzt aufgibst, dann war alles umsonst«, sagte Polly ernst. »Aber wenn wir zusammenhalten, dann . . .«

»Wir?«, fiel Ninifee ihr entsetzt ins Wort. Das Trommeln hatte aufgehört. Sollte es Niagara etwa gelungen sein, den Prinzen zu wecken?

»Ja wir! Ich brauche deine Hilfe, wenn ich heute Nacht den Prinzen besuche!«

»Du willst den Prinzen besuchen?«, flüsterte Ninifee. »Aber das darfst du nicht!«

»Ich habe ihn letzte Nacht schon besucht, es ist wirklich ganz leicht. Wir warten, bis alle schlafen, und dann schleichen wir in den Turm!«

»Das . . . das kann ich nicht! *Nie* kann ich das«, erwiderte Ninifee und schluckte.

»Doch, das kannst du. Jetzt oder nie, Prinzessin?«

»Das ist unfair«, jammerte Ninifee.

»Jetzt oder nie«, wiederholte Polly ungerührt.

»Jetzt«, flüsterte Ninifee und machte ganz fest die Augen zu, als ob sie etwas ganz Schreckliches erwarten würde.

»Das finde ich echt mutig von dir«, freute sich Polly und schüttelte der Prinzessin die Hand. Ninifee schlug die Augen wieder auf. »Ich habe mich getraut j e t z t zu sagen«, sagte sie ungläubig.

Polly grinste. »Na, siehst du. Bestimmt fühlst du dich gleich viel stärker und größer und überhaupt ganz toll!«
Ninifee nickte heftig und ihr blasses Gesicht nahm etwas Farbe an.
»Gut, Ninifee. Dann treffen wir uns um Mitternacht! Doch zu niemandem ein Wort. Auch nicht zu Niagara.«

11. Kapitel

Als Polly an der Reihe war, bekam sie ein solches Herzklopfen, dass sie kaum noch geradeaus laufen konnte. Niagara war mit Blasen an den Fingern in das Frühstückszimmer zurückgekehrt. Sie hatte eine halbe Stunde getrommelt und alle zehn Trommeln zerfetzt, aber der Prinz schlief immer noch. Die Gräfin Großbauch eilte mit Tinkturen und Pflastern herbei, um Niagaras Finger zu verarzten.

»Ich brenne vor Neugier auf deine Idee, Prinzessin Polidora«, frohlockte Knurr, schob Polly in den Thronsaal und tauchte wie ein Schatten in der Menge unter. Alle Vorhänge waren zugezogen und schirmten das Tageslicht ab. Auf einem Podest in der Mitte stand das Bett des Prinzen, der hinter dünnen blauen Schleiern schlief, sodass nur seine Umrisse zu erkennen waren. In einem Halbkreis vor dem Bett saßen auf zierlichen Stühlen die königlichen Familien, einige Gäste, die Hofdamen und ihre Kavaliere. König Ralf und Königin Emma hockten inmitten flackernder Kerzen auf ihrem Thron.

»Nun, liebste Polidora! Wir sind sehr gespannt auf das, was du

uns zu bieten hast«, sagte König Ralf und rieb sich die Hände, als würde ihn ein großes Vergnügen erwarten.
Die kleine Königin blickte auf ihre im Schoß gefalteten Hände. Gräfin Großbauch schlug den Gong und die kleine Königin zuckte zusammen.
»Nun, Prinzessin, dann versuche dein Glück, die Zeit läuft!«, rief der König und Polly marschierte schnurstracks auf die Linie los, die in drei Metern Abstand um das Bett gezogen war. Als sie die Linie erreicht hatte, beugte der König sich nach vorn. »Wie ich sehe, hast du weder ein Instrument noch anderes Werkzeug dabei. Ja, nicht einmal Schuhe trägst du heute!«
Eine barfüßige Prinzessin, seht sie euch nur an. Das Kleid ist voller Flecken und die Füße sind schmutzig, nicht einmal das Haar ist ordentlich frisiert, flüsterte es im Saal.
Pollys Haar war nie ordentlich frisiert, ganz egal, ob sie es mit Haarnadeln feststeckte oder Schleifen hineinband, nach ein paar Minuten sah jede Frisur aus, als wäre ein Windstoß durch sie hindurchgefegt.
»Ich brauche weder ein Instrument, noch muss ich Schuhe tragen!«, fing Polly stockend zu sprechen an. »Das . . . das verlangt meine Idee!«, fuhr sie, mutiger geworden, fort. »Diese Idee verlangt höchste Konzentration!« Polly schloss die Augen und legte ihre Finger an die Schläfen. Sie stieß leise Laute aus. Alle im Saal sperrten Mund und Augen auf. *»Jalijalaurima!«*, murmelte Polly. *»Amirualajilaja!«*
Der König runzelte die Stirn. Doch die Königin hörte Polly

plötzlich sehr aufmerksam zu. Polly tastete mit den Zehen den Fußboden ab und wirbelte ihre Hände in der Luft herum. »Jalijalaurima, w a r u m schläft der Prinz?«, fragte sie dann.
»Schweig!«, zischte König Ralf, als Königin Emma antworten wollte, und fuhr Polly an:
»Du bist nicht hier, um Fragen zu stellen, Prinzessin Polidora, sondern du sollst unseren Prinzen wecken!«
Eine seltsame Unruhe erfasste plötzlich den Raum. Die Gäste neigten einander tuschelnd ihre Köpfe zu, die Seidenkleider der Hofdamen knisterten wie ein verborgenes Feuer. Hatten

sich nicht sogar die Schleier, die das Bett des Prinzen verhüllten, eben bewegt?

»Ich habe nichts von einer Regel gehört, die es verbietet, Fragen zu stellen! Also sagt Ihr mir den Grund?«, beharrte Polly. Sie witterte eine Spur.

»Der Grund ... der Grund ... wir kennen ihn nicht ...«, brummte König Ralf und spielte mit seinem Siegelring. Ein protziges Ding mit einem funkelnden roten Stein, das viel zu groß für seine dünnen Finger war.

»Aber Ihr müsst doch wissen, wann Prinz Peter eingeschlafen ist. An welchem Tag, zu welcher Stunde, ist vielleicht irgendetwas Besonderes passiert?« Die Fragen sprudelten nur so aus Polly heraus. Eine ergab sich aus der anderen, wie von selbst.

Es war so still im Saal, dass man die Fliegen über die Fenster trudeln hörte.

»Es war am fünfzehnten April«, rief Königin Emma. »Um ungefähr ... vier Uhr nachmittags ...« Der König blickte sie zornig an. Da rutschte ihm der Ring vom Finger und fiel zu Boden. Er kullerte Polly vor die Füße und sie hob ihn auf. Dabei konnte sie einen schnellen Blick auf die Inschrift werfen: *Für meinen geliebten König Otto von seiner Königin Gunda.* Wütend riss König Ralf der Prinzessin den Ring aus der Hand.

»Wo waren wir stehen geblieben?«, überlegte Polly. »Ach ja, am fünfzehnten April um vier Uhr nachmittags, da ist der Prinz also eingeschlafen. Einfach so?«

»Ja, das ist er. Soll das hier ein Verhör werden?«, fauchte König

Ralf. Er war sehr verärgert und klappte den Deckel seiner Taschenuhr auf.
»Er ist einfach so eingeschlafen? Das kann ich irgendwie nicht glauben«, erwiderte Polly. Sie ließ den König nicht aus den Augen.
»Es gab . . . es war . . . nun ein Gewitter tobte über dem Land, einem Erdbeben gleich . . . und hat . . . ich meine, da ist der Prinz . . . unser lieber Sohn . . . von einem Blitz getroffen worden . . .!« König Ralf blinzelte nervös.
»Aber dann wäre er tot«, rief Polly hitzig.
Da schlug die Gräfin Großbauch den kupfernen Gong. »Entferne dich, Mädchen, hörst du!«, zischte die Gräfin und drohte Polly mit ihrem Furcht einflößend großen Fächer, der ganz und gar aus Straußenfedern bestand.
Knurr packte Polly am Arm und zerrte sie aus dem Saal. »Was für eine feine Idee. Nun hast du unsere königliche Familie noch trauriger gemacht, als sie ohnehin schon ist!«, schimpfte er. »Du solltest den Prinzen wecken und nicht an alten Wunden rühren!«
»Wenn Sie mich nicht auf der Stelle loslassen, dann beiße ich!«, rief Polly wütend und trampelte Knurr ein zweites Mal auf den Fuß.
Er jaulte auf. Dann wurde er fuchsteufelswütend. »Das wirst du büßen, Prinzessin, das garantiere ich dir!«, fauchte Knurr und tanzte auf einem Bein.
Gräfin Großbauch eilte ihm zu Hilfe. »Dass sie so ein freches,

unbegabtes Mädchen überhaupt eingeladen haben«, plusterte sie sich auf. »Man müsste sie . . .«, tuschelte die Gräfin weiter, den Rest verstand Polly leider nicht.

Zweimal eine halbe Stunde hatte sie ja noch. Dazwischen lagen jeweils ein Tag und eine Nacht. Genug Zeit, um ein paar Nachforschungen anzustellen. Irgendjemand musste doch wissen, was an jenem fünfzehnten April vor drei Jahren wirklich geschehen war.

12. Kapitel

»Ist dir nichts Besseres eingefallen, als dem König solche dummen Fragen zu stellen!«, schimpfte Königin Betty.
»Nein!«, erwiderte Polly ungerührt. »Aber die Fragen sind nicht dumm, das wirst du schon noch sehen!«
Doch die Königin tobte weiter und ließ sich lang und breit darüber aus, wie vollkommen die Auftritte der beiden anderen Prinzessinnen gewesen waren. Niagara hätte ein wirklich mitreißendes Paukenkonzert hingelegt und dann erst Ninifee mit dem zarten Klang ihrer Flöte! Als wären weiße Tauben in die Wolken gestiegen und Perlen vom Himmel gefallen.
»Schämen muss man sich für dich. Barfuß, in einem schmutzigen Kleid und dann auch noch ohne jede Idee. Du sprudelst doch sonst nur so vor phantastischen Einfällen, ich verstehe das nicht . . .«
»Jetzt lass sie in Ruhe«, sagte der König bestimmt. Er nahm Polly in den Arm und drückte einen Kuss auf ihr zerzaustes Haar.
»Sie war sehr überzeugend, fand ich. Es war doch sehr merkwürdig, wie der König sich verhalten hat, als Polly ihm ihre

Fragen stellte. Als hätte er etwas zu verbergen ...«, grübelte König Polidor.
»Das meine ich auch. Außerdem hat Alfons mir aufgetragen diese Fragen zu stellen«, sagte Polly. Sie wickelte sich fest in ihren Mantel, weil sie so fror. Um die Mittagszeit hatte sich die Sonne kurz am Himmel gezeigt, jetzt tröpfelte es wieder. Der Regen spielte auf den Fensterbrettern seine ewig gleiche Regenmusik.
»Alfons?«, fragte die Königin überrascht und hörte auf zu schimpfen.
Polly nickte. »Er arbeitet unter falschem Namen in der Palastküche als Koch!«
Und das mit Sicherheit nicht nur, um in Pollys Nähe zu sein. In einer Küche wurde viel und gern getratscht. Wenn König Ralf sich schon nicht daran erinnern konnte, wie und wann der Prinz in seinen tiefen Schlaf gefallen war, dann wussten es garantiert die Küchenmädchen.
»Ich weiß, dass Papa die Kronen verpfändet hat«, sagte Polly plötzlich. »Aber ich weiß noch etwas, was vor allen Dingen Mama sehr gefallen wird. Ninifees Vater ist gar nicht auf einer Geschäftsreise, sondern er ist unterwegs, um Geld für die Wettbewerbsgebühr aufzutreiben!«
»Sprich nicht wie ein Küchenmädchen«, brummte die Königin. Doch ein triumphierendes Lächeln umspielte ihre Lippen.
»Und stellt euch vor, der Ring, den König Ralf heute getragen

hat, gehört gar nicht ihm, sondern König Otto! Wie es aussieht, haben die Wennschon-Dennschons ihn verpfänden müssen. Was bedeutet, dass sie vermutlich genauso pleite sind wie wir! Deshalb sind sie auch nicht ans Grüne Meer gefahren, wie der Postmeister behauptet hat!«

»Ach wirklich!«, rief die Königin mit leuchtenden Augen. Plötzlich war sie so guter Laune, dass sie Polly herzte und küsste und ihr sogar ihren windzerzausten Auftritt verzieh. »Du wirst das schon machen, mein Mädchen«, sagte sie zufrieden, als hätte sie nie daran gezweifelt. »Aber um eines bitte ich dich, Polly, zieh dir endlich wieder Schuhe an!«

Wenn sie welche gehabt hätte, dann hätte Polly sie gerne angezogen, weil es viel zu nass und zu kalt zum Barfußlaufen war. Bestimmt wusste Alfons Rat.

Leider hatte Polly keine Ahnung, wo sich die Schlossküche befand. Der Palast war so groß, dass man einen Lageplan gebraucht hätte, um sich nicht darin zu verlaufen. Zuerst folgte Polly den Gerüchen. Dort, wo die Hofdamen ihre Zimmer hatten, roch es nach Parfüm. Bei den alten unterirdischen Gewölben roch, Polly nichts außer einem leichten Modergeruch, der aus den feuchten Mauern stieg. Aus dem Gewächshaus strömten die Gerüche tropischer Blumen. Nachdem Polly alle Gänge im Untergeschoss hinauf- und hinuntergelaufen war, hörte sie Schritte. Immer dann, wenn sie stehen blieb, um sich umzudrehen, waren sie nicht mehr zu hören und niemand war zu sehen. Aber es gab hier eine Menge Nischen und kleinere Korridore, in denen man sich gut verstecken konnte. Polly lief langsamer, dann rannte sie los und bog in einen der vielen kleinen Korridore ab. Dort trat sie auf der Stelle, um vorzutäuschen, dass sie weiterlief, und hüpfte schließlich hinter einen Vorhang. Ein paar Sekunden später trabte Niagara keuchend vorbei.

»Verfolgst du mich?!«, rief Polly und schoss aus ihrem Versteck.

Niagara blieb schnaufend stehen. »Ich? Wieso? Was bildest du dir ein«, fauchte sie, schnappte nach Luft und fischte ein großes Schnupftuch aus einem Beutel, um sich das Gesicht abzuwischen. »Ich ... ich ... gehe einfach so im Schloss spazieren. Genau wie du!«

Mit beiden Händen zog Niagara ihr Mieder hoch, das beim Laufen verrutscht war. Da riss eine Naht. »Oh weh!«, kreischte Niagara, als sie das Missgeschick bemerkte. »Mein Festtagskleid ist hin!« Sie zog die beiden Teile des Mieders über der Brust zusammen, da machte es noch einmal *Ratsch* und auch die Rückennaht hatte sich aufgelöst. Niagara stand in ihrem Leibchen da. »Was ... was mache ich denn ... jetzt?«, jammerte Niagara.

Polly konnte mit Müh und Not ein Lachen unterdrücken.

»Lass dir einfach ein neues kaufen«, sagte sie.

»Ein neues ... was denkst du denn ... wie sollen meine Eltern das denn be ... ich meine, Wäscheleibchen wie diese schneidert mir wennschon, dennschon unser Hofschneider auf den Leib, und der ist nicht hier!«

Niagara fing an zu zittern und mit den Zähnen zu klappern. »Es ist so kalt hier und ich erkälte mich so leicht, haatschi!« Schon nieste sie.

Polly zog seufzend ihren Mantel aus. »Ich leihe ihn dir und nachher gibst du ihn mir zurück!«

Niagara schien nicht begeistert von diesem Angebot zu sein. Weil sie aber nicht in Unterwäsche im Schloss herumspazieren wollte, zog sie den Mantel schließlich an. Er war ihr ein wenig zu eng, die Knopfleiste spannte über der Brust. Hoffentlich riss der Mantel nicht auch noch entzwei. Polly hatte nur diesen einen und liebte ihn sehr.

»Ich hole ihn mir nachher bei dir ab«, sagte Polly und wandte sich zum Gehen.

»Willst du dem König morgen wieder Fragen stellen?«, fragte Niagara plötzlich.

»Ja!«, erwiderte Polly knapp.

»Und welche? Mir kannst du es ja sagen, ich verrate dich auf keinen Fall. Wennschon, dennschon nur über meine Leiche!«, erklärte Niagara eifrig. »Du bist viel netter und klüger, als ich gedacht habe, ehrlich. Ich wäre nie auf die Idee gekommen, dem König Fragen zu stellen. Aber ich glaube ... ich glaube ... es ist der richtige Weg. Also sag, welche Fragen wirst du dem König morgen stellen?«

Roch das nicht meilenweit gegen den Regenwind nach Spionage? Glaubte Niagara wirklich, Polly würde sich von ihr aushorchen lassen?

Polly lächelte geheimnisvoll. »Ich weiß noch nicht. Das muss ich mir erst noch überlegen ... vielleicht kommt mir heute Nacht eine Idee ...«, antwortete sie dann mit tiefernster Stimme.

»Heute Nacht, wieso heute Nacht? Fallen dir die Fragen im Traum ein oder wie oder was?«

»Oh ja, ich träume die Fragen«, behauptete Polly. »Es ist, als würde eine Fee mich besuchen und sie mir einflüstern!«

Niagara riss Mund und Augen auf. »Fast glaube ich dir, obwohl

sie doch sagen, dass es keine Feen und Zauberer gibt . . .!«, flüsterte sie dann erregt.
»Es gibt sie, glaub mir. Ich verrate dir jetzt mal ein Geheimnis!«
Polly beugte sich über Niagaras Ohr und flüsterte ihr etwas zu.
»Wirklich?«, hauchte Niagara staunend. »Aber das ist doch sicherlich sehr unbequem!«
Polly runzelte die Augenbrauen und versuchte streng auszusehen. »Das musst du schon in Kauf nehmen, wenn du von einer Fee besucht werden willst!«

13. Kapitel

Kichernd eilte Polly weiter. Sie übersprang die schwarzen Kacheln, sodass sie immer auf den weißen landete. Ob Niagara diesen Unsinn wirklich glaubte? Auf einem Bein stehend schlafen wie ein Storch und in dieser Position darauf warten, dass eine Fee zu Besuch kommt! Polly prustete.

Bald befand sie sich in einem Teil des Schlosses, wo sie bisher noch nicht gewesen war. Stallgerüche schlugen ihr entgegen. Polly hörte ein Pferd wiehern und sah eine Tür offen stehen, die in eine Reithalle führte. Ein Junge, der eine Lederweste und ein langes, weites Hemd mit aufgekrempelten Ärmeln trug, hockte am Rand der Arena auf einem Schemel und fütterte ein Pony. Es war der Junge von gestern Nachmittag. Polly erkannte ihn an seiner Brille und dem dichten dunklen Haar.

»Guten Tag«, rief Polly

»Wer bist du?«, rief der Junge erschrocken. Das Pony schnaubte und warf seinen Kopf hoch. Dann blickte es Polly durch zwei dicke Zotteln seiner Mähne aufmerksam an.

»Aber du kennst mich doch«, sagte Polly überrascht. »Weißt du nicht mehr? Gestern im Park, als dir dein Pony durchgegangen ist?« Als Polly näher kam, trabte das Pony davon. Auf der anderen Seite der Reithalle blieb es stehen und scharrte mit den Vorderhufen.

Der Junge nestelte verlegen an seiner Brille, die so dicke Gläser hatte, dass man seine Augen in dreifacher Vergrößerung sah. »Ach das ... ja, ich erinnere mich ...«, murmelte er. »Aber was willst du hier? Du weißt doch wohl, dass dieser Teil des Schlosses für Gäste verboten ist!«

Polly zuckte die Schultern. »Nein, weiß ich nicht!« Und wenn sie es gewusst hätte, wäre es ihr auch egal gewesen.

»Ich bin Prinzessin Polly aus dem Land Vielleicht-Und-Irgendwann und wie heißt du?«

»Ich? Ich heiße ... Pit ... Guten Tag, Prinzessin Polly ... ich bin ... ich bin der Stallbursche hier!« Er verneigte sich mit einem linkischen Kratzfuß. Polly lächelte.

»Das musst du aber noch ein bisschen üben«, sagte sie. »Doch tröste dich, ich kann nicht einmal einen richtigen Knicks machen. Außerdem finde ich das schrecklich albern. Ein Knicks, wozu, frag ich dich?«

Jetzt lächelte Pit. Das Lächeln zauberte ein wenig Rot in sein blasses Gesicht.

»Kennst du dich ein bisschen in diesem Land aus, Pit?«, fragte Polly.

»Ja, natürlich, es ist mein Land«, erwiderte er verblüfft und starrte Polly durch seine dicken Brillengläser misstrauisch an.

»Dann weißt du doch sicher auch noch, dass am fünfzehnten April vor drei Jahren der Prinz eingeschlafen ist!«
Pit machte ein Gesicht, als hörte er das zum ersten Mal. »Na ja«, brummte er. »Es wird wohl der fünfzehnte April gewesen sein oder der sechzehnte . . . vielleicht auch der fünfundzwanzigste . . . oder war es im Mai . . .«
Er wusste es also auch nicht genau.
»Schade«, seufzte Polly. »Dann muss ich wohl jemand anderen fragen. Bis bald einmal. Auf Wiedersehen, aber die Verbeugung kannst du dir dieses Mal sparen!«
»Warte«, rief Pit. »Vielleicht kann ich dir doch helfen. Ich bin mir jetzt ganz sicher, es war der fünfzehnte April. Ich weiß das deshalb, weil meine Mutter an diesem Tag Geburtstag hat.«
Das Pony wieherte laut und kam langsam durch die Halle getrabt. Dicht vor Pit blieb es stehen und stieß mit seinen Nüstern gegen seine Hand. Pit kraulte seinen Hals, dann fuhr er spielerisch durch die dicke blonde Mähne des Ponys.
»Ist das ein hübsches, kleines Pony und so lieb!«, seufzte Polly.
»Willst du es auch mal streicheln? Hier, gib ihm eine Mohrrübe, dann wird es sich auf der Stelle in dich verlieben!«, sagte Pit mit einem Grinsen und fischte eine Mohrrübe aus einem Korb, der neben ihm stand.
»Wie heißt es?«, fragte Polly und hielt dem Pony die Mohrrübe hin. Das Pony schnüffelte, nahm die Mohrrübe vorsichtig zwischen seine Zähne und fraß sie auf.

»Sommer«, sagte Pit. Als das Pony seinen Namen hörte, wieherte es und nickte.
»Ein schöner Name. Wem gehört es?«
»Das ist Peters Pony, ich versorge es und reite es, solange Peter schläft«, sagte Pit. »Niemand kennt ihn so wie ich!«
»Den Prinzen oder das Pony?«, fragte Polly rasch.
»Das Pony natürlich . . . den Prinzen kenne ich nur ein bisschen . . .!«
Aus irgendeinem Grund glaubte ihm Polly nicht. Bestimmt kannte Pit den Prinzen sehr gut, auf jeden Fall besser, als er zu-

geben wollte. Die Frage war nur, warum er nicht die Wahrheit sagte.

»Ist der Prinz von einem Blitz getroffen worden?«, fragte Polly.

»Wie kommst du denn darauf? Da wäre er . . . da wäre er . . .«

»Tot? Ja, dann wäre er tot. Aber König Ralf behauptet, ein Blitz hätte Peter getroffen und danach wäre er in seinen tiefen Schlaf gefallen!«

»Das kann nicht sein . . . das ist wirklich dumm . . . kein Blitz, nein, es war kein Blitz . . .«, stammelte Pit. »Aber warum stellst du mir so viele Fragen? Woher soll ich denn wissen, warum Peter schlafen muss? Er soll endlich aufwachen, damit er sein Pony wieder jeden Tag besuchen kann. Warum, warum – dass Mädchen immer so viel fragen müssen!«

Pit schüttelte ärgerlich den Kopf, nahm seinen Korb und führte das Pony in den Stall.

»So ein Blödmann«, schimpfte Polly und beschloss ihn in Zukunft einfach zu übersehen, wenn sie ihn wieder einmal zufällig traf.

14. Kapitel

Polly wartete, bis die zwölf Schläge der Turmuhr verklungen waren, dann stieg sie aus dem Bett und zog ein Paar dicke Socken an. Sie verknotete die Schnürsenkel der alten Stiefel, die Alfons in einer Kammer neben der Küche gefunden hatte, und hängte sie über die Schulter.

Nach ihrer Begegnung mit Pit und dem Pony hatte Polly die Schlossküche schließlich doch noch entdeckt.

»Es gab kein Gewitter an jenem fünfzehnten April«, hatte Alfons gesagt. »Dafür gab es einen großen Streit zwischen dem König und der Königin! Der König brüllte, dass die Wände wackelten. Seitdem schläft der Prinz und die Königin ist vollkommen verändert!« Dann hatte Alfons noch hinzugefügt: »Sehr seltsam an der ganzen Sache ist, dass keines der Küchenmädchen den Prinzen je zu Gesicht bekommen hat. Als der Prinz eingeschlafen war, hat König Ralf das gesamte Personal entlassen und neue Leute eingestellt! Sogar das Kindermädchen hat er vor die Tür gesetzt!«

Polly fröstelte. Niagara hatte vergessen ihr den Mantel zurückzugeben. Zum Abendessen war sie gar nicht erst aufgetaucht,

und als Polly später an ihrer Tür klopfen wollte, hing dort ein Schild: *Bitte nicht stören, die Künstlerin schläft!*
Ninifee wartete auf Polly wie verabredet am Fuß der Treppe. Sie hatte sich in ein langes Kapuzencape gehüllt, hielt ihre Schuhe in der Hand und sah wie eine Verschwörerin aus.
»Ich bin so aufgeregt«, flüsterte Ninifee. »Hoffentlich erwischen sie uns nicht!«
Sie huschten die Treppe hinauf. Irgendwo knarrte eine Tür und gedämpfte Schritte waren zu hören. Die Prinzessinnen blieben stehen und hielten den Atem an. Als sie nichts mehr hörten, setzten sie ihren Weg auf Zehenspitzen fort und stiegen die steile Wendeltreppe in den Turm hinauf.
Je näher sie dem Turmzimmer kamen, desto heftiger klopften ihre Herzen. Man konnte sie förmlich in der Stille pochen hören. Polly hatte gehofft vor dem Turmzimmer ihre Schuhe wieder zu finden, aber sie standen nicht mehr da. Aus dem Zimmer drangen wie gestern Nacht leise Geräusche und die gedämpfte Stimme der Königin.
»Du weißt, was du zu tun hast?«, flüsterte Polly.
Ninifee nickte. »Ich stoße einen Schrei aus, nicht zu laut natürlich, aber auch nicht zu leise, dann verberge ich mich hinter dem linken Türflügel und du hinter dem rechten. Die Königin kommt heraus, ich halte den Atem an und du schlüpfst unbemerkt in das Zimmer des Prinzen hinein!«, flüsterte Ninifee gehorsam, als wäre sie in der Schule.
»Gut!«, sagte Polly. »Dann leg mal los!«

Ninifee holte tief Luft. »Jiauu, Jiauu!« Es klang wie das Wimmern eines Kätzchens, war aber laut genug, um die Königin aufzuscheuchen. Kaum war Ninifee verstummt, öffneten sich die beiden Flügel der Tür.
»Was war das?«, murmelte die Königin und lief bis zur Treppe. Polly huschte hinter ihrem Rücken vorbei. Die Königin lief ein paar Stufen die Treppe hinab, während Polly ins Zimmer schlüpfte und sich hinter einer spanischen Wand versteckte. Dort stand eine kleine Waschkommode mit einer Schüssel und einem Wasserkrug. Etliche Seifenlappen und Handtücher lagen ordentlich gestapelt auf einem Schemel, daneben Körperpuder, Zahnpasta und Brillant-Pomade.
Solange die Königin draußen war, konnte Polly ihre Blicke

durch das Zimmer schweifen lassen. Auf einem kleinen Schreibtisch stand ein Globus, an der Wand ein hohes Regal voller großer und kleiner Zinnsoldaten. An der Decke baumelte ein Drachen und in der Ecke kauerte ein verstaubtes Schaukelpferd mit mottenzerfressener Mähne. Jemand hatte eine kleine Krone über sein linkes Ohr gestülpt. Ob das Prinz Peters Krone war? Der Mond war aufgegangen und hatte sich zwischen den Regenwolken Platz gemacht. Ein kleiner blauer Stein blitzte in der Krone auf.

»Ich möchte bloß wissen, was das war? Bestimmt schleicht Knurr hier wieder irgendwo herum«, sagte die Königin. Sie schloss leise die Tür und Polly machte sich hinter der spanischen Wand ganz klein. Die Königin durchquerte das Zimmer und ließ sich auf einem Stuhl neben dem Bett des Prinzen nieder. Eine Weile schwieg sie. Aber dann sagte sie plötzlich mit trauriger Stimme: »Ich habe dem König heute gesagt, dass es so nicht weitergehen kann. Richtig mutig bin ich gewesen, aber es hat nichts genützt. Er hat mir nur wieder gedroht!«

Polly brodelte vor Empörung. Dieser König war wirklich ein Widerling! Ein Halsabschneider, und so wie es aussah, auch ein liebloser Vater und Ehemann.

»Ach Peter«, seufzte die Königin. »Ich weiß wirklich nicht, was ich machen soll. Wenn ich mich dem König widersetze, dann wird es uns beiden schaden! Also müssen wir uns in das Unvermeidliche fügen und weiter tun, was wir nicht wollen! Wenn du mir doch nur antworten würdest. Ich weiß, dass du mir immer noch böse bist ... aber vielleicht ... vielleicht wird uns diese kleine Prinzessin helfen können ... sie ist so klug und hübsch ... sie würde dir ganz sicher gefallen ... seit sie da ist, habe ich wieder ein wenig Hoffnung geschöpft ...«

Das zu hören freute Polly so sehr, dass sie vor Freude fast einen Seufzer ausgestoßen hätte. Aber sie konnte sich beherrschen.

»Du sagst nichts? Nein? Dann werde ich mich jetzt zur Ruhe begeben. Bis morgen, mein Liebling, Gute Nacht!«

Auf dem Weg zur Tür kam Königin Emma so dicht an der spanischen Wand vorbei, dass ihr Rocksaum die Seidenbespannung streifte und Polly einen zarten Luftzug spürte.

Polly zählte die Sekunden, bis die Königin das Zimmer verlassen hatte und auch ihre Schritte verklungen waren. Dann erst traute sie sich aus ihrem Versteck. Da raschelte etwas. Ein Vogel vielleicht, der draußen Schutz vor dem Regen suchte? Polly klaubte eine Praline aus der Schale auf dem Tisch und stopfte sie in den Mund. Wieder raschelte es. Königin Emma hatte vergessen das Fenster zu schließen. Der Wind frischte auf und schlug es zu. Polly erschrak. Das Bett des Prinzen knarrte, als hätte er sich bewegt. Auf seinem Nachttisch flackerte ein Windlicht in einem Glasbehälter.

Prinz Peter lag auf der Seite und hatte sich in eine dicke Daunendecke gerollt. Oben ragten braune Haarbüschel und ein Ohr heraus. Auf dem Nachttisch stand eine kleine Schatulle. Unter dem Deckel lugte eine winzige goldgelbe Quaste heraus.

Dieses Ding erinnerte Polly an etwas, doch sie wusste nicht, was es war.

»Hallo«, flüsterte Prinzessin Polly. »Hörst du mich, Prinz Peter?«

Der Prinz rührte sich nicht. Doch die Bettdecke hob und senkte sich leicht.

»Ob es wohl Spaß macht, drei Jahre lang immer nur zu träumen?«, überlegte Polly laut. »Aber vielleicht hast du Alpträume? Das wäre schrecklich. Wenn du mir doch nur antworten könntest!«

Sollte sie es wagen, ihm die Bettdecke vom Kopf zu ziehen? Doch der Prinz war viel zu fest eingewickelt. Wie bedauerlich. Polly hätte so gern einen Blick auf sein Gesicht geworfen. War er dünn, war er dick, hatte er blaue oder braune Augen? Wie klang seine Stimme?
»Eines verspreche ich dir, ich werde herausfinden, warum du schlafen musst, und dich erlösen. Leider wird es dabei auch deinem Vater an den Kragen gehen, denn ich glaube, dass er irgendwas im Schilde führt.« Polly verstummte überrascht. Hatte der Körper des Prinzen nicht eben gezuckt?
»Prinz Peter?« Polly schob den Schleier zur Seite, ging noch einen Schritt näher heran und beugte sich über das Bett.
»Prinz Peter, hörst du mich?« Schon streckte Polly die Hand nach der Bettdecke aus, als sie plötzlich ein lautes Poltern hörte, Schritte, Keuchen, Flüstern und einen dumpfen Schlag.

15. Kapitel

Polly fand Ninifee zitternd hinter der Tür kauern. Ninifee war so durcheinander, dass es ein bisschen dauerte, bis sie ihre Sprache wieder fand.

»Eine Frau und ein Mann . . . sind gekommen . . . und haben . . . einen Sack über sie geworfen . . . und wollten sie wegschleppen . . .«, stammelte Ninifee.

»Über wen?«, fragte Polly verblüfft.

»Über . . . Niagara . . . sie muss uns gefolgt sein . . . erinnerst du dich an das Knarren der Tür und die Schritte?«

Polly bückte sich, um einen Knopf aufzuheben, der in einer Pfütze aus Mondlicht schwamm. Ein Knopf von Pollys Mantel, an dem noch ein dünnes Fädchen hing.

»Nur schnell weg von hier, Polly, lass uns gehen«, wisperte Ninifee. »Niemals mehr gehe ich hierher. Es war gespenstisch. Sie haben weiße Masken getragen und sahen wie Geister aus!«

Ein Mann und eine Frau mit Masken. Polly schnupperte. Es roch hier eindeutig nach Knurr. Wenn er der Entführer gewesen war, dann konnte es sich bei seiner Komplizin nur um Gräfin Großbauch gehandelt haben.

»Aber sie . . . sie konnte fliehen . . . sie hat dem Mann einen Kinnhaken verpasst . . . und dann . . . dann rannte sie weg . . . und ich hatte solche Angst, dass sie mich finden . . .!«
Ein Glück nur, dass Niagara den beiden entkommen konnte. Pech für Knurr und die Gräfin, dass ihr Plan gescheitert war.
»Die wollten bestimmt nicht Niagara, die wollten mich. Ich glaube, ich bin ihnen bei irgendeiner Schurkerei im Weg, deshalb wollen sie mich loswerden, ja, so muss es sein«, sagte Polly finster und verschloss den Knopf in ihrer Hand. »Aber Niagara hat meinen Mantel getragen und sie dachten, sie wäre ich!«
Ninifee wollte davon nichts wissen. Sie wollte nur noch weg von diesem unheimlichen Ort.
»Hab keine Angst, Ninifee. Mein bester Freund ist in der Nähe und passt auf uns auf, glaub mir!«, sagte Polly.
»Hoffentlich passt er auch wirklich gut auf. Ich glaube, ich werde kein Auge zumachen in dieser Nacht!«, erwiderte Ninifee kläglich und verriegelte ihre Tür.
Als Polly im Bett lag, fielen ihr sofort die Augen zu. Sie hatte das Gefühl, nur einige Minuten geschlafen haben, als jemand an ihrer Bettdecke zerrte.
»Aufstehen, Polly! In einer halben Stunde bist du dran!«, brüllte Königin Betty in Pollys zartes Ohr.
Polly beschattete ihre Augen mit der Hand und glaubte zuerst, sie würde immer noch träumen. Die Sonne schien ihr mitten ins Gesicht. Was für ein Wunder, es hatte aufgehört, zu regnen! Oder war es doch ein Traum?

»Was ist mit dir, bist du krank?«, rief die Königin entsetzt. »Ich traue meinen Augen kaum, du hast in deinem Kleid geschlafen?«
Dann wurde Polly geputzt, gekämmt, gebürstet und das Kleid bügelte Königin Betty mit den Händen glatt, so gut es eben ging.
»Ich verstehe überhaupt nicht, warum du so einen Aufstand machst, Mama«, gähnte Polly und drehte sich unter den Händen ihrer Mutter wie eine Puppe im Kreis. »Es ist doch erst sieben und meinen Auftritt habe ich um neun!«
»Sie haben ihn verschoben, ganz plötzlich. Weiß ich, warum. Vielleicht haben sie gedacht, sie könnten uns so aus dem Rennen werfen. Eine Nachricht einfach unter der Tür hindurchzuschieben, während man schläft«, schnaubte die Königin. »Sie denken, in Vielleicht-Und-Irgendwann würden nur Träumer wohnen, aber da haben sie sich verrechnet, jawohl! Glücklicherweise habe ich heute Nacht auf meine Super-Schlaf-Stöpsel verzichtet und gegen drei Uhr morgens das Rascheln von Papier gehört.«
Jetzt war Polly hellwach und alles, was gestern Nacht passiert war, fiel ihr wieder ein. »Und die anderen Prinzessinnen?«, fragte Polly vorsichtig, während ihre Mutter die Häkchen von Pollys Mieder auf dem Rücken schloss. »Sind die auch schon wach?«
»Was weiß denn ich. Das kann uns doch wohl auch egal sein, nicht wahr!«
Königin Betty wirbelte Polly herum, umfasste ihre Taille mit

beiden Händen und begutachtete ihr Werk. »Einigermaßen, na also. Und wo sind deine Schuhe?«

»Verschwunden«, sagte Polly kleinlaut. »Aber Alfons hat mir diese prächtigen Stiefel besorgt.«

»Gleich trifft mich der Schlag!«, keuchte die Königin, als Polly in die Stiefel gestiegen war, sie verschnürt hatte und einen Räubertanz auf die Dielen legte. Die Stiefel waren ein wenig zu groß und die Schuhbänder zu lang. Zu solchen Stiefeln sah ein Kleid aus himmelblauer Seide etwas ulkig aus.

»Das ist der Gipfel der Geschmacklosigkeit«, zeterte Königin Betty. »Aber es hilft nichts. Es ist nun einmal so, wie es ist, und das ist schlimm genug. Außerdem muss ich mich jetzt auch beeilen. Du weißt sicher noch nicht, dass König Ralf uns heute

Nachmittag in die Oper und danach zu einem großen Souper eingeladen hat, vermutlich um uns ein wenig zu entschädigen für die Taler, die er uns abgeknöpft hat. Ich muss mich noch ein bisschen zurechtmachen ... wenn ich nur wüsste, wie ich das Haar tragen soll ... hochgesteckt ... mit Locken über den Ohren ... Bis nachher, mein Schatz, ich denke an dich!«

Gut nur, dass an diesem Morgen die Sonne schien und Polly auch ohne Mantel nicht frieren würde.

Heute pochte Knurr nur zart an die Tür. Ganz bestimmt hatte er nicht damit gerechnet, Polly so frisch und munter anzutreffen, und machte ein entsprechend blödes Gesicht, als sie ihm fröhlich entgegenschritt.

»Da bin ich!«, rief sie heiter. Knurr riss verdutzt die Augen auf. Das linke schimmerte veilchenblau. Polly presste die Lippen zusammen, um nicht laut loszulachen. Eines musste man Niagara lassen, als Trommlerin hatte sie einen kräftigen Schlag am Leib.

»Guten Morgen, Herr Knurr«, flötetete Polly. »Haben Sie eine angenehme Nacht gehabt?« Knurr humpelte ihr schweigend voran. Von Prinzessinnen, die Kinnhaken und Fußtritte verteilten, hatte er bestimmt die Nase gestrichen voll. »Ich habe einfach wunderbar geschlafen. Und so schöne Träume geträumt, von schlafenden Prinzen ...!«

»Nach links«, zischte Knurr, als Polly an ihm vorbeigelaufen und nach rechts abgebogen war. »Wir gehen gleich in den Thronsaal. Frühstück gibt es erst hinterher!«

Auch gut, dachte Polly, obwohl sie großen Hunger hatte.

Heute war der Thronsaal leer. Der König, die Gräfin Großbauch und der Prinz waren die einzigen Anwesenden. Sonnenlicht flutete durch die hohen Fenster herein und blendete Polly. Das Bett des Prinzen schien ganz durchsichtig zu sein und im Sonnenlicht zu schweben.

»Nun, kleine Prinzessin, willst du uns heute wieder mit Fragen überraschen?«, fragte König Ralf überfreundlich. Doch seine Echsenaugen funkelten böse.

»Warum ist Königin Emma heute nicht da?«, legte Polly gleich los.

»Das geht dich überhaupt nichts an«, erwiderte der König ärgerlich und strich seine Rockschöße über den Schenkeln glatt. »Aber wenn du es genau wissen willst, dein letzter Auftritt ist ihr aufs Gemüt geschlagen. Sie wollte sich nicht noch einmal über dich ärgern müssen. Wirklich, du hast ihr viel Verdruss bereitet, sodass sie stundenlang Bauchweh und Kopfweh hatte und keinen Bissen essen konnte!«

Was für ein Lügner! Polly erinnerte sich gut an die Worte der Königin von gestern Nacht.

»Das tut mir sehr Leid, König Ralf. Aber da sie ja nun nicht da ist, kann ich doch ruhig weiterfragen. Es gab nämlich kein Gewitter an jenem fünfzehnten April vor drei Jahren, sondern einen heftigen Streit. Kann es nicht sein, dass der Prinz deshalb in seinen tiefen Schlaf gefallen ist?«, fragte Polly kühn.

Der König schoss in die Höhe und schnaubte: »Was erlaubst

du dir, freches Mädchen. Dann gab es eben kein Gewitter. Doch ein Streit zwischen mir und der Königin geht dich gar nichts an!«

Er machte Knurr ein Handzeichen.

»Warum seid Ihr denn so böse? Ich will Euch doch nur helfen oder wollt Ihr am Ende vielleicht gar nicht, dass . . .« Knurr verpasste ihr einen Schubs und Polly machte unwillkürlich einen Schritt nach vorn.

»Sie hat sich dem Bett des Prinzen um weniger als drei Meter genähert«, kreischte die Gräfin. »Prinzessin Polidora Esmeralda wird für heute disqualifiziert!«

Knurr rieb sich die Hände.

»Er hat mich gestoßen! Das gilt nicht!«, verteidigte sich Polly entrüstet.

»Das habe ich nicht gesehen«, sagte König Ralf. »Haben Sie etwas Derartiges bemerkt, Gräfin Großbauch?«

»Aber nein, das Mädchen lügt. Niemals würde Herr Knurr so etwas Ungebührliches tun!«

König Ralf erhob sich von seinem Thron und baute sich in einschüchternder Größe vor Polly auf. »Nun, kleine Prinzessin, da kann ich nichts machen. Deine Fragen wirst du nun doch für dich behalten müssen!« Der König klatschte in die Hände. Vier Diener eilten herbei und trugen das Bett des Prinzen hinaus. Die Schleier blähten sich und der Baldachin schwankte, als wollte er gleich abheben.

»Morgen ist ja auch noch ein Tag«, rief Polly zornig. »Dann wer-

de ich die richtigen Fragen stellen und den Prinzen wecken, so wahr ich Prinzessin Polidora bin!«
König Ralf zuckte gleichgültig die Schultern und lächelte sein schläfriges Echsenlächeln. »Das haben schon viele Prinzessinnen gesagt! Aber ich wünsche dir trotzdem viel Glück. Hahahaha!« Der König lachte schallend und ging hinaus.

16. Kapitel

Polly schoss ein aberwitziger Gedanke durch den Kopf. Wollte der König am Ende gar nicht, dass Prinz Peter wieder erwachte? Schließlich brachten ihm die Wettbewerbe eine Menge Taler ein. Aber wie konnte er die vielen Taler mehr lieben als seinen Sohn? Sie schlappte mutlos aus dem Thronsaal.

»Ein kleiner Imbiss steht in deinem Zimmer für dich bereit!«, knurrte Knurr. »Und wage es ja nicht, wieder herumzuspionieren! Von nun an nimmst du alle Mahlzeiten getrennt von den anderen ein! Denke immer daran, dieses Schloss hat Augen. Sie sehen dich überall!«

»Wo sind Ninifee und Niagara? Waren sie schon bei dem Prinzen?«, fragte Polly.

Knurr verschloss die Tür des Thronsaals mit einem großen goldenen Schlüssel. »Ich habe sie heute noch nicht gesehen. Vermutlich schlafen sie noch! Tja, wer nicht kommt zur rechten Zeit ... hahaha ... das sind nun mal die Bedingungen ... oh ja ...«

Knurr zog die Schlüsselkette über den Kopf und stopfte den Schlüssel in seinen Hemdkragen. Polly schnitt Knurr eine Grimasse, als er sich humpelnd entfernte. Dann trottete sie den

endlosen Flur entlang und überlegte, was sie jetzt machen sollte. Aus Niagaras Zimmer drangen laute Stimmen. Die Prinzessin und ihre Mutter zankten sich.
»Verschläfst den Wettbewerb, du dummes Ding. Warum bist du so müde? Kannst du mir einmal sagen, wovon du so müde bist, Niagara?«, brüllte Königin Gunda. Ein lautes Gähnen war die Antwort.
Auf Zehenspitzen schlich Polly weiter. Schon von weitem hörte sie zarte Flötentöne. Vor Ninifees Zimmer blieb Polly stehen, lauschte noch einen Augenblick und pochte dann an die Tür.
»Wer ist da?«, fragte Ninifee mit schwacher Stimme.
»Ich bin es, Polly! Mach schnell auf, ich muss dir unbedingt etwas sagen!«
»Lieber nicht, nachher gerate ich durch dich wieder in Gefahr! Weißt du, ich bin nicht so mutig wie du und werde es auch n i e sein! Außerdem muss ich für meinen Auftritt üben!« Wieder erklang die Flöte. Dieses Mal so schwach, als hätte Ninifee nicht genug Luft, die Töne kräftig und voll zu blasen.
»Das kannst du dir sparen. Der Wettbewerb ist längst vorbei!«, rief Polly.
Da wurde von innen aufgeriegelt und die Tür flog auf.
»Was? Aber das kann nicht sein. Es ist doch erst halb neun!«, jammerte Ninifee. Sie war noch im Nachthemd und hielt die schmale silberne Flöte verkrampft in der Hand.
Polly erzählte, wie man versucht hatte sie hereinzulegen und wie dieser Plan von ihrer Mutter vereitelt worden war.

»Aber genützt hat es mir trotzdem nichts und inzwischen glaube ich, sie wollen gar nicht, dass eine von uns den Prinzen weckt! Den König interessieren nur die Taler, die er kassieren kann!«

Ninifee machte ihr Oh-Weh-Gesicht. »Was soll denn jetzt werden? Wenn Mama davon erfährt . . .!« Königin Rosalba hatte schon zehn neue Kleider bei ihrem Hofschneider bestellt. Dabei waren die letzten drei noch nicht einmal bezahlt.

»Wir werden auf keinen Fall aufgeben. N i e, Ninifee, hörst du, n i e!«

Ninifee antwortete nicht. Sie bewegte unentschlossen den Kopf hin und her.

»Wenn du j e t z t aufgibst, dann wirst du n i e wieder froh sein!«, sagte Polly streng. Das war vielleicht ein wenig übertrieben, aber es wirkte.

»Was soll ich denn machen?«, fragte Ninifee kläglich.

»Tapfer sein und dich nicht unterkriegen lassen«, sagte Polly. »Wir haben nichts zu verlieren, aber wir können etwas gewinnen!« Das hätte auch Alfons gesagt haben können. Polly war beeindruckt von ihren eigenen Worten. Möglicherweise hatte Alfons' Weisheit schon ein bisschen auf sie abgefärbt?

»Gleich besuche ich meinen Freund, der bestimmt wieder interessante Neuigkeiten hat. Nachher komme ich wieder zu dir und wir schmieden einen Plan!«

Polly streckte die Hand mit der Handfläche nach oben aus. »Schlag ein, na mach schon, damit unser Pakt besiegelt ist!«

Ninifee legte zögernd ihre Hand auf Pollys Hand. »Hiermit erklären wir, dass wir alles tun werden, um den Prinzen zu wecken und König Ralf das Handwerk zu legen!«, erklärte Polly ernst. Tief bewegt, hing Ninifee an ihren Lippen und nickte. »Nun, dann gehe ich jetzt und du passt schön auf, dass dich niemand entführt!«

Alfons rührte mit einem riesigen Holzlöffel in einem dampfenden Topf. Polly sah nur seine Mütze und seinen Bauch. Eine riesige Sammlung von Kupferpfannen und Schüsseln, die an Eisenhaken über dem Herd hingen, verdeckte sein Gesicht.

»Bin ich zu früh?«, flüsterte Polly.

»Die Küchenmädschen schind gerade auf den Markt gegangen, alscho komm nur herein!«, sagte Alfons.
»Sie haben mich hereingelegt«, erzählte Polly. Doch Alfons wusste schon alles. Gräfin Großbauch hatte es ihren Hofdamen erzählt, die ihren Kammerzofen und die Kammerzofen den Küchenmädchen.
»Aber ich weisch noch etwasch, dasch ein völlig anderesch Lischt auf die Schache wirft«, flüsterte Alfons und sein Kopf tauchte zwischen zwei Kupferpfannen auf.
Dann nahm er grinsend seine falschen Zähne aus dem Mund, ließ sie in ein Glas Wasser fallen und sprach mit normaler Stimme weiter.
»König Ralf ist Prinz Peters Stiefvater. Sein richtiger Vater ist schon seit vielen Jahren tot!«
Das erklärte vielleicht, warum König Ralf so erbarmunglos war.
»Der Prinz ist am Tag der Hochzeit seiner Mutter und König Ralfs eingeschlafen. Seltsam nicht?«, fuhr Alfons fort. Geschwind hackte er mit einem gefährlich blitzenden Wiegemesser Kräuter auf einem Brett klein und streute sie in den Topf.
»Die Königin hat erzählt, dass der König ihr droht. Gestern Nacht, als sie am Bett des Prinzen saß!«, sagte Polly und bückte sich, um ihre Schnürsenkel zuzubinden. Sie gingen ständig auf.
»Vielleicht erpresst der König die Königin. Er ist ein Schlitzohr, aber was für eins. Doch bald wird er seine gerechte Strafe bekommen«, meinte Alfons und führte die Suppenkelle zum Mund. Beim Kosten schloss er die Augen. »Die Suppe ist jeden-

falls gut! Komm, iss einen Teller, kleine Prinzessin, dein Magenknurren kann man ja bis zum Grünen Meer hören!«
Die Suppe schmeckte so köstlich wie alles, was Alfons kochte.
»Ein Schlitzohr? Weißt du etwas, was ich nicht weiß, komm, sag schon, Alfons!«, bohrte Polly und rührte ratlos in ihrem Teller.
»Habe ich das gesagt, dass er ein Schlitzohr ist? Nun, dann wird er es wohl auch sein. Aber jetzt haben wir keine Zeit mehr für lange Erklärungen, in ein paar Minuten kommen die Küchenmädchen zurück und sie dürfen dich auf keinen Fall bei mir sehen«, sagte Alfons und setzte beim Schlag der Schlossturmuhr seine falschen Zähne wieder ein. Schon hörte man Gelächter und das Klappern von Holzpantinen. Alfons zog Polly eine schmale Treppe hinauf und öffnete die Hintertür, die in den Küchengarten führte.
»Heute Abend treffen wir uns, dann weiß ich mehr. Ich habe ein wunderbar süßes Bier für die Küchenmädchen gebraut, das wird sie sehr gesprächig machen«, flüsterte Alfons und drückte Polly eine Birne in die Hand. Sie stolperte in den Küchengarten hinaus, die Birne fiel ihr aus der Hand und landete in einer Pfütze.

17. Kapitel

Als Polly die Birne aufheben wollte, fiel ein Schatten über sie. Polly schoss erschrocken in die Höhe. Aber es war nur Pit, der so ernst und traurig aussah, als wäre jemand gestorben, den er sehr lieb gehabt hatte.

»Ich . . . ich . . . muss dich warnen, Prinzessin Polidora!«, stammelte er.

»Mich warnen? Wieso? Was meinst du?«, erwiderte Polly argwöhnisch.

Hatte Pit sie belauscht? Polly warf einen Blick auf die offen stehende Gartentür. Sie konnte die Küchenmädchen schnattern hören und jedes Wort verstehen.

Pit war Pollys Blick gefolgt, plötzlich packte er ihren Arm.

Er zog sie tiefer in den Garten hinein, wo, von einer hohen Hecke umgeben, viele kleine Obstbäume standen. In der Mitte war ein kleiner Teich angelegt, am Ufer wuchsen Sumpfdotterblumen und duftende Gräser.

»Den Garten hat meine . . . meine Königin angelegt«, sagte Pit mit zärtlicher Stimme.

»Er ist hübsch, so einen haben wir in Vielleicht-Und-Irgend-

wann auch«, sagte Polly versonnen. »Aber jetzt sag mir endlich, was du von mir willst!«
Pit legte die Stirn in Falten und blickte Polly eindringlich an.
»Es ist gefährlich, sich mit König Ralf anzulegen«, sagte er leise. »Es wäre besser, wenn ihr sofort abreisen würdet!«
»Aha!«, brummte Polly. Was dieser König sich alles einfallen ließ, um sie loszuwerden. Bestimmt hatte er seinem Stallburschen eine Belohnung versprochen, wenn es ihm gelang, Polly zum Aufgeben zu überreden.
»Glaub mir, Prinzessin Polly, es ist die Wahrheit, du kennst den König nicht so wie ich. Wenn du bleibst, dann wird etwas Schreckliches geschehen!«, beteuerte Pit.
Polly nagte an ihrer Lippe. Entweder war er der geborene

Schauspieler oder wirklich besorgt. Das hätte Polly geschmeichelt, sie fand Pit nämlich ganz nett. Aber wahrscheinlich war auch er nur ein Handlanger des Königs ...

»Ich muss bleiben«, sagte Polly trotzig. »Ich weiß nämlich, dass ich den Prinzen wecken kann! Morgen früh wird der Prinz erwachen, darauf können wir wetten!«

Pit schüttelte traurig den Kopf. »Ich wette nicht auf etwas, was sowieso verloren ist! Schade, dass du nicht auf mich hören willst, wirklich schade!«

Er stapfte den schmalen Weg zwischen den Gemüsebeeten entlang. Polly lief ihm nach. »Warte!«, keuchte sie. Obwohl er kaum größer und auch nicht viel kräftiger als Polly war, machte er Schritte wie ein Riese.

Pit blieb stehen und warf Polly einen verzagten Blick zu.

»Du weißt etwas, was du mir nicht sagen willst, stimmt's?«, fragte Polly.

Pit bohrte seine Hände in die Hosentaschen und schüttelte seufzend den Kopf. »Ich will es dir sagen, aber ich kann nicht, sonst bringe ich meine ... meine arme, traurige Königin in Gefahr!«, erwiderte Pit. Er ging in die Hocke, sammelte ein paar kleine Steine in die hohle Hand und warf sie in den Teich.

»Und der Prinz? Ist der auch in Gefahr?«, fragte Polly leise.

»Solange er schläft, wird ihm nichts geschehen!«, antwortete Pit.

»Also schläft er deshalb, ja?«

»Ja ... deshalb ... aber was fragst du mir denn schon wieder Löcher in den Bauch!« Pit sprang plötzlich wütend auf. »Du bist ja

sehr klug, Prinzessin Polly, aber hereinlegen lasse ich mich von dir nicht!«
Wie bei ihrer Begegnung in der Reithalle ließ er sie einfach stehen.
Eine Entenmutter mit fünf winzigen Küken zog über den kleinen Teich. Weiße Wolken türmten sich am Himmel auf.
»Wenn der Prinz nicht schlafen würde, dann wäre er in Gefahr. Also muss er schlafen, um nicht in Gefahr zu sein«, murmelte Polly, sammelte ein paar Kiesel vom Ufer und wog sie in der hohlen Hand. Der Prinz durfte also auf keinen Fall erwachen.
Aber wie war das möglich?
Plötzlich ging Polly ein Licht auf, groß und gleißend, wie es nur Blitze erzeugten. In diesem Fall ein Geistesblitz, der alles, auch das Schattenhafte, erhellte.

Nur aus einem einzigen Grund konnte König Ralf so sicher sein, dass keine Prinzessin den Prinzen wecken konnte, ganz egal, ob sie tausend Trommeln zerfetzte oder zehn.

»Ich muss sofort Alfons davon erzählen«, rief Polly und rannte über die Wiese hinüber zur Küche. Die Küchenmädchen klapperten mit dem Kochgeschirr, eine warf einen Braten in einen Eisentopf. Das Fleisch knackte und zischte auf dem heißen Fett. Polly kniete sich ins Gras und warf einen Blick durch das kleine Fenster in die Küche.

»Warum haben die Palastwachen Egon wohl zum König gebracht? Vielleicht ist er ein Spion?«, sagte eines der Küchenmädchen.

»Bestimmt!«, rief das andere begeistert und warf eine Hand voll kleiner roter Zwiebeln in den Topf. »Er kam mir von Anfang an verdächtig vor!«

Polly wandte sich vom Fenster ab und sank gegen die Wand. »Alfons«, flüsterte sie entsetzt. Was würde mit ihm geschehen, wenn König Ralf herausfand, dass er kein Koch, sondern ein *Männchen für alles* war und Prinzessin Pollys Familie diente? Aber wie hatte der König überhaupt davon erfahren?

»Das war Pit!« Polly schüttelte fassungslos den Kopf. Erst hatte er sie belauscht, dann versucht sie einzuschüchtern, und als ihm das nicht gelungen war, hatte er ihr eine rührselige Lügengeschichte erzählt. Dann war er zum König gelaufen und hatte sie verraten.

So ein Schurke, dabei sah er so harmlos aus!

18. Kapitel

Polly wartete eine Stunde, dann fing es wieder zu regnen an. Sie flüchtete durch einen Seiteneingang ins Trockene. Schon trommelte der Regen auf Dächer und Fensterbretter. Das Schloss versank in grauem Dämmerlicht und die kleinen Kammerzofen zündeten die Lichter an.

Polly verbarg sich in einem Besenschrank, den sie in einem der kleinen Flure etwas oberhalb des Küchenkellers entdeckte.

Wenn Alfons in die Küche wollte, musste er hier auf jeden Fall vorbei. Aber vielleicht hatte der König ihn gleich eingesperrt? Wäre er sonst nicht schon längst wieder da?

Nicht mehr lange und Polly würde husten müssen. Sämtliche Besen, Schrubber und Wischtücher starrten vor Schmutz. Eine der ungewöhnlich großen Spinnen, die das ganze Schloss bevölkerten, hockte direkt vor ihrer Nase auf der Wand. Sie überlegte wohl, ob sie in Pollys Haar ein Nest bauen sollte. Endlich hörte Polly Schritte und stieß die Tür vom Wandschrank ein kleines Stück auf. Aber es war nicht Alfons. Königin Gunda segelte in einem kanariengelben Rüschenkleid den Flur entlang und schleifte Niagara hinter sich her.

»Lass dir was einfallen, Niagara, wennschon, dennschon aber etwas, was auch funktioniert. Eine Chance haben wir leider verschlafen, aber die letzte morgen früh werden wir nicht ungenutzt verstreichen lassen«, zischte Königin Gunda.
»Was soll ich denn machen, ohne Trommeln!«, erwiderte Niagara kleinlaut.
»Dann nimm Töpfe, Eimer, Schüsseln, alles, was richtig schön Krach macht. In der Küche wirst du jede Menge davon finden. Und wehe, wenn du morgen nicht gewinnst! Du weißt, dass wir dann geliefert sind, weil wir keinen müden Taler mehr haben und nicht einmal das neue Dach für unser Schloss bezahlen können. Oder möchtest du in Zukunft im Regen schlafen?« Die Königin stellte Niagara wie ein Spielzeug vor der Tür zur Palastküche ab. »Worauf wartest du noch? Geh und besorg dir deine Instrumente! Ich muss mich jetzt beeilen. Du weißt, dass König Ralf uns heute zu einem Opernbesuch eingeladen hat. Wenn ich zurück bin, dann will ich dich trommeln hören, hast du das verstanden?«
Niagara nickte und die Königin verschwand.
»Auf Töpfen trommeln«, jammerte Niagara. »Das ist unter meiner Würde, schließlich bin ich eine Künstlerin!«
Da musste Polly niesen und stolperte aus dem Schrank.
»Du?«, rief Niagara entgeistert und sprang einen Schritt zurück. »Hast du uns etwa belauscht?«
»Nicht mit Absicht, ich schwöre!«, schniefte Polly.
»Das ist nämlich alles ganz anders«, beeilte sich Niagara zu sa-

gen. »Meine Mutter muss immer übertreiben! Sie will einfach nur, dass ich die Beste bin, verstehst du. Das bin ich ja auch, ich meine, das war ich immer und deshalb . . . muss ich . . . soll ich . . .«

»Ist ja schon gut. Wir haben auch keinen müden Taler mehr, also mir musst du nichts vorlügen. Ninifees Eltern geht es auch nicht besser!«, sagte Polly ungeduldig.

»Aber wir ... bei uns ... ich meine ...« Niagaras Augen weiteten sich vor Schreck. »Das ist ja so widerlich ... igitt ... da auf deiner Schulter ...«, flüsterte sie und fiel um.
Polly schielte ihre Schulter an. Da saß die dicke Spinne und ruderte mit den Vorderbeinen, um einen Faden zu spinnen. Polly zupfte die Spinne mit zwei Fingern ab und setzte sie auf den Boden.
»Wach auf, Niagara, sie ist weg, hörst du?« Polly beugte sich über die Prinzessin. Sie lag da wie tot, aber sie atmete noch. Polly schnappte sich eine Gießkanne von der Fensterbank und tröpfelte ein wenig Wasser auf Niagaras Gesicht. Die rührte sich nicht. »Wennschon, dennschon«, murmelte Polly und goss nun die Gießkanne ganz über Niagara aus.
Niagara zappelte, schlug um sich und schrie.
»Na endlich«, seufzte Polly.
»Was fällt dir ein, du dumme Gans«, schnaubte Niagara und berührte mit den Fingerspitzen ihr Haar. Die Zuckerlöckchen waren hin. Schlaff wie nasser Spinat hingen sie an ihrem Gesicht herab.
»Selber dumme Gans. Wie kann man Angst vor einer kleinen Spinne haben!«
»Eine richtige Prinzessin hat immer Angst vor Spinnen!«, trumpfte Niagara auf. Sie tropfte wie ein Schwamm.
»Eine richtige Prinzessin hat vor gar nichts Angst«, erwiderte Polly.
»Eine richtige Prinzessin hat auch eine Krone«, triumphierte Niagara.

Polly blickte sie böse an. Schade, dass kein Wasser mehr in der Gießkanne war.
»Eine richtige Prinzessin hat . . . sie hat . . .« Niagara fiel nichts mehr ein. Sie wrang ihre Löckchen aus und versuchte die Flecken auf ihrem Kleid trockenzureiben.
»Ob der Prinz wohl auch Angst vor Spinnen hat?«, fragte Polly plötzlich.
»Wenn er ein richtiger Prinz ist, dann hat er natürlich keine Angst vor Spinnen!«, erklärte Niagara in einem Ton, als wäre Polly die dümmste Prinzessin aller Königreiche.
»Und wenn doch?«
»Das glaube ich nicht!«, beharrte Niagara mit gerunzelter Stirn. Die Vorstellung, dass Prinzen vielleicht Jammerlappen waren, schien ihr ganz und gar nicht zu gefallen.
»Vielleicht ist er sogar kitzelig und wir dürfen ihn deshalb nicht berühren!«, überlegte Polly weiter.
»Kitzelig? Ein Prinz? Du hast vielleicht Ideen!«, spottete Niagara.
»Warum haben sie sich wohl alle diese Regeln ausgedacht?«, sagte Polly in Gedanken versunken. Sollten diese Regeln vielleicht verhindern, dass der Prinz erwachte? Wenn man sie brechen würde, was würde dann geschehen?
»Jetzt weiß ich, was wir machen müssen!«, sagte Polly siegesgewiss.

19. Kapitel

Die drei Prinzessinnen saßen auf Pollys Bett und hatten sich eine große Wolldecke um die Schultern geschlungen. Die Bettvorhänge waren zugezogen, weil es so etwas wärmer war.
»Nun sag schon, was du dir ausgedacht hast«, drängelte Niagara und wackelte ungeduldig auf dem Bett herum.
»Aber zuerst müsst ihr schwören, dass ihr niemandem davon erzählt, bis wir den Prinzen geweckt haben!«, sagte Polly und hob als erste die Hand.
»Ich schwöre!«, erklärte Ninifee feierlich.
»Na meinetwegen, dann schwöre ich eben auch!«, brummte Niagara.
Die Prinzessinnen rückten noch dichter auf dem Bett zusammen. »Morgen früh, wenn wir den Prinzen zum letzten Mal sehen, dann ...« Plötzlich brach Knurr mit vier Palastwachen, die ihn um Kopfeslänge überragten, durch die Tür.
»Ist jemand da? Die Palastwachen müssen alle Zimmer durchsuchen. Egon, der Koch, ist spurlos verschwunden! Es liegt ein Haftbefehl wegen Verschwörung gegen ihn vor!«, brüllte er. Sein Kopf schoss einmal nach links und einmal nach rechts.

Alfons hatte sich also in Sicherheit gebracht! Polly fiel ein großer Stein vom Herzen.
»Du suchst im Schrank, du unter dem Bett, du unter dem Tisch und schaust in den Kommoden nach!«, befahl Knurr den Wachen.
Polly unterdrückte ein Kichern. Wie sollte sich ein Mensch von Alfons' Größe wohl in einer Schublade verstecken?
»Also ist doch jemand da«, knurrte Knurr, als er die drei Prinzessinnen hinter dem Vorhang auf dem Bett entdeckte. »Habe ich dir nicht ausdrücklich verboten dich mit den anderen Prinzessinnen in einem Zimmer aufzuhalten, Prinzessin Polidora!«
»Aber es ist m e i n Zimmer. S i e haben mich besucht und nicht umgekehrt!«, erwiderte Polly mit unschuldig großen Augen.
»Stimmt das?«, fuhr Knurr die beiden anderen Prinzessinnen an. Sie nickten furchtsam wie zwei Lämmer.
»Es sieht mir trotzdem sehr nach einer Verschwörung aus«, bestand Knurr auf seinem Verdacht.
Polly blickte ihn treuherzig an. »Warum sollten wir uns verschwören? Und gegen wen?«, fragte sie.
»Du immer mit deinen Fragen . . . da bekommt man ja Löcher im Bauch von den vielen Fragen . . . Fragen . . . Fragen . . .«, zeterte Knurr und hob abwehrend die Arme, als ihm ein Kleidungsstück um die Ohren flog. Die Palastwachen hatten ganze Arbeit geleistet und innerhalb von fünf Minuten das ganze Zimmer verwüstet.
»Der Verdächtige befindet sich weder in der Kommode noch

im Schrank noch unter dem Bett. Unter dem Tisch konnten wir ihn auch nicht ausfindig machen«, meldeten die Palastwachen im Chor. Knurr scheuchte sie ungeduldig hinaus.
»Und du, Prinzessin Polly, du solltest immer daran denken, dass das letzte Wort noch nicht gesprochen ist. Wer zuletzt lacht, lacht am besten. Und wenn man schon etwas macht, was verboten ist, dann sollte man wenigstens dafür sorgen, dass man keine Beweise am Tatort liegen lässt!«, sagte Knurr gehässig und zwirbelte seine Oberlippe.
Was meinte er damit? Polly runzelte die Stirn.
»Gute Nacht, ihr kleinen Prinzessinnen, wir sehen uns morgen wieder!«
Als er verschwunden war, steckte eine der Palastwachen noch einmal den Kopf in das Zimmer. »Ich werde sie ablenken und querfeldein durch den Schlossgarten jagen. Dann habt ihr Zeit für euren Plan!«, sagte eine vertraute Stimme.
»Alfons!«, flüsterte Polly. Er schickte einen Kuss durch die Luft und lief schnell den anderen Wachen hinterher.
»Wer war das denn?«, fragte Niagara.
»Mein Freund, Alfons, der große Zauberer«, flüsterte Polly.
»Ein Zauberer, pah. Du erzählst wie immer nur Märchen. Als ich nämlich auf einem Bein gestanden und gewartet habe, ist . . . auch . . . keine . . . ich meine, natürlich habe ich es nicht ausprobiert . . .« Niagara verhedderte sich in ihren Sätzen. Oh, es war ihr furchtbar peinlich, dass sie auf Pollys Geschichte von der Fee hereingefallen war!

»Dann hast du etwas falsch gemacht!«, sagte Polly und kicherte. Ninifee gab sich große Mühe, ernst auszusehen, aber dann brach sie auch in ein lautes Gelächter aus.
»Was gibt's denn da zu lachen!«, brummte Niagara beleidigt. »Sie erzählt Lügengeschichten und mich lacht ihr aus!«
»Das sind keine Lügengeschichten. Seht doch nur, wie mein Alfons Knurr und die Palastwachen durch den Garten scheucht und sie merken nicht, dass er es ist, den sie suchen! Wenn das nicht Zauberei ist!«, rief Polly, die aus dem Fenster blickte.
Mit lodernden Fackeln durchkämmten die Palastwachen Meter für Meter des großen Parks, krochen auf allen vieren durch das Gebüsch, kletterten auf Bäume und stocherten mit langen Stangen im Schlossgraben.

»Aber was ist das?«, rief Polly plötzlich verwundert. Sie hatte eine Gestalt vor dem Fenster des Turmzimmers hin und her gehen gesehen. »Die Königin und der König sind doch in der Oper. Wer also treibt sich im Zimmer des Prinzen herum?«
Niagara spähte über Pollys rechte Schulter, Ninifee über die linke.
»Da oben schläft der Prinz?«, fragte Niagara andächtig. »Meinst du, er ist hübsch und hat blaue Augen und blonde Locken?«
Polly schnalzte spöttisch mit der Zunge. »Das ist wohl ziemlich egal in so einem wichtigen Augenblick. Möglicherweise ist der Prinz in Gefahr und braucht unsere Hilfe!«
»Prinzen müssen Prinzessinnen helfen und nicht umgekehrt!«, sagte Niagara.
»So ein Blödsinn!«, rief Polly und zeigte der Prinzessin einen Vogel.
»Du weißt wohl immer alles besser, was? Wenn du so klug bist, warum hast du den Prinzen dann immer noch nicht geweckt?«, zeterte Niagara.
»Nicht zanken, bitte«, flehte Ninifee und hielt sich die Ohren zu.
»Was ist überhaupt mit deinem Plan, Prinzessin Polidora? Oder hast du gar keinen und nur wieder Märchen erzählt?«, hackte Niagara weiter auf Polly herum.
»Zuerst müssen w i r herausfinden, was da oben im Turmzimmer vor sich geht. Also los, Mädchen, streiten können wir später immer noch«, erklärte Polly streng.
»W i r!«, riefen Ninifee und Niagara entsetzt.

»Ich gehe, wennschon, dennschon, nur noch bei Tag dort hinauf«, sagte Niagara. »Die haben schon einmal versucht mich zu ent. . . ent. . . ent. . .«

»Schon gut, Niagara, wir wissen, dass du uns gefolgt bist. Also gib mir endlich meinen Mantel wieder, denn es ist sehr kalt im Schloss und ich möchte nicht frieren, wenn ich mich jetzt a l l e i n auf den Weg in das Turmzimmer machen muss!«, sagte Polly vorwurfsvoll.

Niagara nagte nervös an ihrer Lippe. »Den habe ich verloren«, erklärte sie kleinlaut und zuckte Mitleid heischend die Schultern.

»Na prima!«, brummte Polly. Sie zog ihre dicken Socken an und ging zur Tür.

»Und du, Ninifee, kommst du auch nicht mit?«, fragte sie grimmig.

»N i e und nimmer gehe ich noch einmal nachts durch dieses Schloss!«, murmelte Ninifee bedrückt und fügte schnell hinzu: »Aber sonst werde ich alles tun, was du willst, Polly!«

Polly öffnete die Tür. »Ihr seid ja tolle Verbündete. Danke schön aber auch!«

20. Kapitel

Hinter der Tür des Turmzimmers hörte Polly zuerst bloß das Rascheln von Papier. Sie spähte durch das Schlüsselloch, aber sie sah nur flackerndes Licht und verschwommene Schatten.
»Oh, wie ich ihn hasse und verabscheue, am liebsten würde ich ihn in den Schlossgraben werfen!«, schimpfte plötzlich ein Junge mit lauter Stimme. »Schlafen, schlafen, immer nur schlafen, das könnte ihm so passen, damit ist jetzt Schluss . . .«
Polly fackelte nicht lange und riss die Tür auf.
»Du . . .?«, rief sie verblüfft, als sie Pit erkannte, der vor dem Bett des Prinzen stand und nun Polly einen erschrockenen Blick über die Schulter zuwarf.
»Du willst ihn also in den Schlossgraben werfen, ja? Wie viele Taler hat dir der gemeine König dafür versprochen? Und du hast gesagt, du bist sein Freund . . . und meinen Freund hast du auch verraten . . . pfui aber auch . . .!«, brüllte Polly und schubste Pit zur Seite. Doch das Bett des Prinzen war leer !
»Was hast du mit ihm gemacht, du, du, du gemeiner Schurke!«
Obwohl Pit ein Stück größer als Polly war, hatte sie keine Angst vor ihm und packte ihn am Kragen.

»Ich . . . ich . . . nichts habe ich mit ihm gemacht . . .«, stammelte Pit. Polly stieß ihn auf das Bett. Seine Brille war ihm bis auf die Nasenspitze gerutscht. Er sah hilflos und komisch aus, aber Polly hatte nicht einen Funken Mitleid mit ihm.

»Wenn du nichts mit ihm gemacht hast, wo ist er dann bitte schön? Ist er ein Schlafwandler und schlafwandelt jetzt im Schloss herum, ja? Glaub ja nicht, dass du mich mit solchen Märchen abspeisen kannst.«

»Er schlafwandelt nicht, weil er nämlich gar nicht schläft. Ich . . . ich . . . ich bin nämlich der Prinz«, sagte Pit oder Peter.

Polly war völlig verwirrt.

»Du bist der Prinz? Und das soll ich dir glauben?«

Pit oder Peter nickte. »Ich bin es wirklich. Glaub mir bitte! Ich wollte es dir längst sagen, aber König Ralf hat meine Mutter und mich in der Hand! Wenn wir nicht machen, was er will, dann wird er uns in die Schwarze Wüste schicken!«, erzählte Pit mit gesenktem Kopf.

Polly war immer noch misstrauisch, aber nur ein wenig, fast gar nicht mehr. Warum sollte Pit diese Geschichte erfinden? Polly hatte von der Schwarzen Wüste nur die schrecklichsten Dinge gehört. Alfons, der sie einmal durchquert hatte, war nur mit Mühe und Not wieder herausgekommen. Dort gingen Geister der Toten um und riesige Tiere hausten in den Dünen, unerwartet konnten sie plötzlich auftauchen und einen Menschen mit Haut und Haar verschlingen.

»Er hat mich gezwungen so zu tun, als ob ich schlafe, damit

noch mehr Geld in die königlichen Kassen kommt. Ich musste diese Super-Schlaf-Stöpsel tragen, damit ich den Lärm, den die meisten Prinzessinnen gemacht haben, aushalten konnte! Manche haben Trillerpfeifen benutzt, andere brüllten die ganze Zeit.« Prinz Peter öffnete die Schatulle auf seinem Nachttisch und nahm ein Paar Super-Schlaf-Stöpsel heraus. Es waren die gleichen, die Königin Betty sich nachts in die Ohren stopfte. Deshalb war der Anblick der kleinen gelben Quasten Polly so vertraut gewesen. »Außerdem habe ich nachts wenig geschlafen, sodass ich morgens immer ganz von allein eingeschlafen bin!«, fuhr Prinz Peter mit matter Stimme fort.

»Dabei waren wir nicht arm, aber König Ralf ist so gierig, dass er nicht genug kriegen kann. Außerdem will er alle Königreiche vernichten, um sie irgendwann selbst zu beherrschen.« Prinz Peter warf Polly einen kläglichen Blick zu. »Das ist die Wahrheit, Polly. Nur weiß ich nicht, wie ich aus diesem Schlamassel herauskommen soll!«

Polly setzte sich neben ihn auf das Bett. »Das ist nun wirklich ein Schlamassel. Aber warum hat deine Mutter ihn denn geheiratet, wenn er so ein Schurke ist?«

»Er hat behauptet ein Vetter meines verstorbenen Vaters zu sein. Angeblich hätte mein Vater, bevor er starb, ihm einen Brief geschickt und ihn gebeten Mama zu heiraten, wenn er sterben würde, damit sie nicht allein mit mir ist!«

Polly hörte aufmerksam zu. »Aber du glaubst das nicht, oder?«, fragte sie.

Prinz Peter schüttelte den Kopf. »Kein Wort glaube ich ihm. Allerdings gibt es diesen Brief und Mama sagt, dass er die Handschrift meines Vaters trägt!«
»Handschriften kann man fälschen«, wandte Polly ein.
»Aber wir haben keine Beweise dafür«, sagte Peter seufzend.
Dann schwiegen sie. Leise tröpfelte der Regen auf das Fensterbrett. Knurr und seine Palastwachen jagten draußen noch im-

mer einen Koch, den es gar nicht gab. Als Polly Prinz Peter davon erzählte, hörte sie ihn zum ersten Mal lachen.
»Er ist ein *Männchen für alles,* dein Alfons, wie ulkig!« Prinz Peter grinste.
»Oh, er ist viel mehr, Peter, er ist ein Zauberer!«
Peter lächelte amüsiert.
»Du meinst, ich phantasiere, was? Aber wer nicht an Zauberer glaubt, dem wird auch keiner helfen!«, erwiderte Polly beleidigt.
Peter ging zum Fenster und starrte in die Dunkelheit. »Mir kann niemand helfen, nicht einmal ein Zauberer!«, sagte er ernst.
»So ein Unsinn! Wie lange willst du denn noch schlafen, bis König Ralf endlich zufrieden ist? Noch drei Jahre oder zehn oder hundert?«, fragte Polly empört.
»Wenn er das so will, dann muss ich es tun. Ich muss ja nicht immer schlafen, als Stallbursche darf ich mich zeigen, jedenfalls im Schloss, weil mich von den Dienstboten niemand kennt!«
Was für ein ödes Leben, dachte Polly. Aber der Prinz schien sich damit abgefunden haben. Sollte er am Ende wirklich ein Jammerlappen sein?
»Das verstehe ich nicht, Prinz Peter. Ich dachte immer, Prinzen sind tapfer und mutig!«
Das stimmte zwar so nicht ganz, denn Prinzessin Polly hatte über Prinzen noch nicht viel nachgedacht. Prinz Peter drehte sich um.
»Du bist mutig, Polly. So mutig wie du werde ich niemals sein!«,

sagte er und hob lahm die Hand. Dann ließ er sie wieder sinken und seufzte den Himmel an.
»Aber du wirst mutig sein müssen, mein lieber Prinz!«, rief Polly. »Oder willst du schuld daran sein, dass unsere Königreiche deinem bösen Möchtegern-Onkel in die Hände fallen?«
»Was soll ich denn machen?«, fragte Prinz Peter wehleidig.
»Du sollst aufwachen, und zwar morgen, wenn ich meine letzte Frage stelle. Dann werden alle wissen, dass der König ein Betrüger ist. Der ganze Hofstaat und die ganze königliche Welt. Und übermorgen wird es in den Zeitungen aller Königreiche stehen!«, sagte Polly triumphierend.
»Das hört sich gut an, aber ob es wirklich gelingen wird?«, zweifelte Prinz Peter.
»Es wird gelingen, das verspreche ich dir!«, erwiderte Polly siegesgewiss. Sie würde sich natürlich an die Regeln halten und alles so machen, wie es vorgeschrieben war.
»Also gut!«, sagte der Prinz entschlossen. »Ich werde erwachen! Jetzt fühle ich mich richtig stark. Das ist wirklich toll. Vielleicht bist du auch eine Zauberin?«
Polly wurde ein wenig rot. »So ein Unsinn!«, murmelte sie und wandte sich zum Gehen. »Also bis morgen, Prinz Peter, vertrau mir, wir schaffen das schon!«

21. Kapitel

Am nächsten Morgen gewitterte es und Polly wurde wach, als direkt über dem Schloss ein Blitz niederging. Beim nächsten Donnerschlag schoss Polly senkrecht in die Höhe, weil das Bett zu wackeln begann. Links neben ihr lag Ninifee und rechts lag schnarchend und schmatzend Niagara. Als Polly gestern Nacht zurückgekommen war, hatten die beiden Prinzessinnen schon geschlafen. Jetzt wurden sie langsam wach. Ninifee räkelte sich und streckte die Arme aus. Als es wieder donnerte, purzelte sie aus dem Bett. Eine Quaste mit Fransen baumelte über Niagaras Nase, sie musste niesen und wachte auf. »Was ist das? Bin ich auf einem Schiff?«, flüsterte sie blinzelnd und umklammerte die Bettkante. Wieder schnitt ein Blitz den Himmel in zwei Teile. Es donnerte so gewaltig, dass das Schloss bebte.

»Du bist auf keinem Schiff, sondern in meinem Bett«, sagte Polly, während sie Ninifee beim Aufstehen half. Überall auf dem Boden lagen noch die Sachen herum, welche die Palastwachen bei ihrer Suche nach Alfons verstreut hatten.

»In deinem Bett? Wie komme ich denn dahin? Wo bist du gestern Nacht überhaupt so lange gewesen?« Niagara richtete sich

auf und sah missmutig aus dem Fenster. Regen prasselte mit Wucht gegen die Scheiben.
»Wir dachten schon, dir ist etwas passiert«, sagte Ninifee und fischte aus einem Haufen von Seidentaschentüchern ihre Schuhe heraus.
»Wie ihr seht, ist mir nichts passiert. Aber jetzt ein bisschen Beeilung, bitte, wir müssen uns auf den Wettbewerb vorbereiten!«
Niagara pickte gähnend ihre Haarschleifen vom Kissen, die beim Schlafen abgefallen waren. »Aber erst musst du uns sagen, was wir machen sollen. Schon vergessen, du wolltest uns verraten, was du weißt!«
Polly überlegte und hielt beim Händewaschen inne. Ob es gut war, die Prinzessinnen einzuweihen? Ninifee würde das Geheimnis für sich behalten, aber Niagara?
»Macht alles so wie immer, dann werdet ihr schon sehen!«, erwiderte Polly und trocknete sich die Hände ab. Wütend zuckten die Blitze, immer schneller, immer heller. Als es donnerte, wackelte der Spiegel.
»Ha!«, wetterte Niagara und stapfte durch das Zimmer auf Polly zu. »Dann hatte ich also Recht und du hast uns Märchen erzählt!« Polly schwieg. Niagaras hämisches Gesicht erschien in dem nun schief hängenden Spiegel. »Oder hast du gestern Nacht etwas herausgefunden, was du uns nicht verraten willst?«
Polly bürstete sich das Haar und ärgerte sich über Niagaras

Hartnäckigkeit. »Der Prinz wird erwachen, mehr kann ich euch leider nicht sagen!«, brummte sie.
»Und wer ist dann die Siegerin?« Niagara stemmte die Arme in die Hüften.
»Wir sind alle Siegerinnen und deshalb teilen wir den Sack voller Gold!«, erwiderte Polly. » Ist doch vollkommen klar, oder?«
»Das ist eine gute Idee«, seufzte Ninifee. »Dann haben wir alle was davon und müssen uns nicht mehr streiten!«
Niagara hätte sich lieber gestritten und das ganze Gold für sich behalten. Sie muffelte etwas wie: *So war das ja nun nicht gedacht und eigentlich und sowieso und wennschon, dennschon ist ein Sack voller Gold durch drei geteilt ja weniger als die Hälfte wert!*
»Das wird meiner Mutter gar nicht gefallen!«, erklärte sie und schielte Polly verdrossen an.
»Meinst du, meine wird begeistert sein?« Polly schüttelte den Kopf und äffte die Stimme ihrer Mutter nach: *»Also Polly, das ist ja nun wirklich wieder einmal die Höhe, was hast du dir dabei gedacht? Das ist so typisch für dich, dass du nie überlegst, wenn du etwas tust. Immer mit dem Kopf durch die Wand, wie dein Vater, wie dein Vater!«*
Polly marschierte auf Zehenspitzen von einer Wand zur anderen und dann wieder zurück, dabei rang sie die Hände wie Königin Betty, wenn sie wütend war.
»Genau wie meine!«, prustete Ninifee.
»Na und meine erst!«, kicherte Niagara.
Die Prinzessinnen bogen sich vor Lachen. Ein gewaltiger Donnerschlag ließ sie zusammenfahren. Drei Leuchterkerzen fielen

um und rollten über die polierte Oberfläche der Kommode auf den Boden.

»Aber jetzt genug herumgealbert, Prinzessinnen, auf in den Kampf!«, bestimmte Polly. Sie schnürte ihre Stiefel.

»J e t z t fühle ich mich so wohl wie noch n i e!«, strahlte Ninifee. Sie hatte rote Wangen und leuchtende Augen. Niagara ärgerte sich darüber, dass ihre Schleifen nicht saßen wie sonst.

»Dann lass sie doch weg. Du bist viel zu alt für solche albernen Schleifen. Siehst du, so musst du dein Haar tragen!« Polly zupfte Niagaras Haar mit den Fingerspitzen auseinander und bauschte es auf. Nun sah Niagara ähnlich windzerzaust wie Polly aus.
»Meinst du?«, fragte Niagara skeptisch.
»Das ist ganz modern!«, behauptete Polly. Ninifee wollte die gleiche Frisur haben. Als sie kichernd und schnatternd Pollys Zimmer verließen, sahen alle drei Prinzessinnen wie Windsbräute aus.
Sie kamen Knurr entgegen, der vergeblich an Ninifees und Niagaras Zimmertür geklopft hatte und sich schon die Hände rieb.
»Pech gehabt, mein lieber Herr Knurr, wir sind alle drei zur Stelle!«, rief Polly fröhlich und Knurrs Gesicht verdunkelte sich. Sein veilchenblaues Auge hatte sich etwas gelb gefärbt, eine Spur von Grün war auch an den Rändern zu sehen.
»Nun, Prinzessin Polly, du bist ja über die Maßen fröhlich heute Morgen!«, sagte er hämisch, nachdem er sich kurz über die Eintracht der drei Prinzessinnen gewundert hatte. »Aber freu dich nicht zu früh. Am Ende kommt es immer anders, als man denkt, und wird so sein, wie es niemals beschlossen . . . ich meine geplant . . . ausgedacht . . . egal, dir werden deine Frechheiten schon noch vergehen!«

22. Kapitel

Dieses Mal zog Polly das Los mit der Nummer eins. Das war Zufall, Glück oder Bestimmung. Oder vielleicht hatte Alfons seine Finger im Spiel.

Niagara und Ninifee wünschten Polly viel Glück und spuckten ihr über die Schulter. So machten es die Schauspieler vor einer großen Vorstellung.

Als Polly dann in den hell erleuchteten Thronsaal kam, war es so voll wie am ersten Tag. Ja, es schien, als hätte der König noch mehr Leute eingeladen. Jeder Gast musste Eintritt bezahlen! Da ist bestimmt wieder ein stattliches Sümmchen zusammengekommen, dachte Polly.

Prinz Peter lag hinter den Schleiern verborgen, reglos in seinem Bett.

Hoffentlich hatte er sich wie verabredet keine Super-Schlaf-Stöpsel in die Ohren gestopft!

»Nun, kleine Prinzessin der tausend Fragen, was hast du uns heute zu bieten? Wieder nur Fragen, ja? Ich muss dir ehrlich sagen, dass uns das sehr langweilt!«, sagte der König und betrachtete seine Fingernägel. »Ich hoffe also, du hast dir für diesen letzten Tag etwas Neues, wirklich Spannendes ausgedacht.«

Gräfin Großbauch schlug den Gong.

»Oh, ich glaube, das, was ich euch heute anzubieten habe, wird s e h r spannend sein!«, erklärte Polly und näherte sich dem Bett des Prinzen so weit, wie es ihr die Regeln erlaubten.

Obwohl die schweren Fenstervorhänge zugezogen waren, um die Geräusche zu dämpfen und das Tageslicht auszusperren, sah man es blitzen und hörte es donnern.

»Kann es sein, dass der Prinz gar nicht schläft?«, fragte Polly mit lauter Stimme.

Was erlaubt sie sich? Wie kann eine kleine Prinzessin nur so unverschämt sein? Das ist unerhört, unerhört, unerhört!, ging ein empörtes Raunen durch den Saal.

Aber das Gesicht von Königin Emma leuchtete vor Freude auf. Mit der Andeutung eines Nickens gab sie Polly zu verstehen, wie einverstanden sie mit dieser Frage war.

»Was erlaubst du dir, freches Mädchen!«, rief König Ralf und schnellte in die Höhe.

»Ich stelle nur eine ganz normale Frage, die Ihr mir beantworten sollt. Schläft der Prinz oder tut er nur so?«

Königin Emma stieß ein leises, glückliches Seufzen aus.

Polly wartete mit aufgeregt klopfendem Herzen. Jetzt hätte Prinz Peter nämlich erwachen müssen. Aber er erwachte nicht. Hatte er es sich etwa anders überlegt und wollte die Rolle des schlafenden Prinzen weiterspielen?

»Schläft der Prinz oder tut er nur so?«, wiederholte Polly ihre Frage etwas lauter.

Doch Prinz Peter rührte sich nicht.

»Nun, kleine Prinzessin, jetzt reicht es mir. Ich habe wirklich eine Engelsgeduld mit dir gehabt und dir sogar nachgesehen, dass du die Regeln verletzt hast!« König Ralf klatschte in die Hände und Knurr trat vor den Hofstaat. Er trug Pollys Mantel und ihre Schuhe im Arm. Mit einem teuflischen Grinsen legte er dem König die Sachen vor die Füße. Der König stieß einen der Schuhe mit der Fußspitze an. »Erkennst du diese Sachen, ja? Es sind deine, nicht wahr. Und weißt du auch,

wo sie gefunden wurden? Na? Im Schlossturm vor dem Zimmer des Prinzen!«, rief König Ralf. »Sich dort heimlich herumzutreiben ist, wie du weißt, verboten, deshalb bist du nun endgültig disqualifiziert, Prinzessin Polidora!«

Königin Betty, die in der ersten Reihe saß, biss in ihren Fächer und Pollys Vater schnaufte bekümmert.

»Na, was habe ich dir gesagt, Prinzessin Neunmalklug, wer zuletzt lacht, lacht am besten!«, knurrte Knurr und stieß ein böses Lachen aus.

»Also, Prinzessin Polidora, entferne dich nun. Von einer Strafe werde ich absehen! Die nächste Prinzessin soll erscheinen!« König Ralf machte eine gebieterische Handbewegung, als wollte er Polly wie eine Fliege zu verscheuchen. Polly blieb, wo sie war, deutete mit dem Zeigefinger auf den König und rief: »Dieser König ist ein Betrüger. Er hat den Prinzen gezwungen so zu tun, als ob er schläft, damit er so viele Taler einnehmen kann, bis er davon platzt!«

»Hinaus mit ihr!«, schrie König Ralf mit grün angelaufener Nase. Bevor Knurr sie packen konnte, trat Polly heftig gegen sein Schienbein. Knurr stieß einen markerschütternden Schrei aus und fiel der Gräfin Großbauch in die Arme, die hinter ihm stand. Jetzt gab es kein Halten mehr, Polly rannte zum Bett des Prinzen und zerrte den Vorhang beiseite.

»Aber das ist ja gar nicht der Prinz!«, rief Polly. »Das ist eine Puppe. Wo ist Prinz Peter, was habt ihr mit ihm gemacht . . .?«

König Ralf zog eine böse Grimasse. Königin Emma war aufgesprungen und zum Bett des Prinzen gelaufen. Als sie sich davon überzeugt hatte, dass dort wirklich nur eine Puppe zwischen den Kissen lag, ging sie langsam auf Polly zu und nahm ihre Hand.

»Diese Prinzessin sagt die Wahrheit, mein Sohn hat wirklich nur so getan, als ob er schläft. König Ralf hat uns dazu gezwungen. Und jetzt hat er meinen Sohn verschleppt. Er ist ein gemeiner Schuft. So ein Mensch kann niemals der Vetter meines geliebten Mannes sein!«

Da öffneten sich plötzlich die Flügeltüren und Prinz Peter spazierte frisch und munter in den Saal hinein.

»Er hat mich nicht verschleppt, Mutter. Er ist auch nicht Vaters Vetter, Mama. Er ist nur ein Räuberkönig, der es darauf abgesehen hat, alle Königreiche an sich zu reißen!«, rief Prinz Peter und hielt einen Steckbrief mit einem Bild von König Ralf in die Höhe. Alle reckten ihre Hälse. *Ein Betrüger, ein Lügner, ein Räuberkönig!*

Prinz Peter strahlte Polly an. Knurr, der immer noch in den Armen der Gräfin lag, gab einen zischenden Laut von sich, als würde Luft aus seinem Körper entweichen. Pollys Eltern fielen einander glücklich um den Hals. Königin Betty gab ihrem König einen Kuss und streichelte seine bärtige Wange. Von dem Lärm angelockt, stolperten Ninifee und Niagara in den Saal, sie hielten einander an den Händen und blickten sich staunend um.

»Wo hast du das her?«, brüllte der Räuberkönig den Prinzen

an. »Glaubt ihm kein Wort! Das ist eine Fälschung ... eine ganz plumpe Fälschung!«, wandte er sich dann Beifall heischend an die Menge. Doch alle wichen furchtsam vor dem Räuberkönig zurück.
»Das ist keine Fälschung!«, sagte plötzlich eine vertraute Stimme. Alfons betrat den Saal, in einem verwegenen Aufzug mit schwarzem Hut, hohen Stiefeln und einem breiten Gürtel, an dem ein funkelnder Degen hing. Ein langer Umhang wehte hinter ihm her. Er legte einen Arm um die Schulter des Prinzen und der Prinz blickte glücklich zu Alfons auf. »Auf diesen Tag habe ich seit vielen Jahren gewartet! Ich habe dich überall gesucht, Räuberkönig, bis mir der Zufall die Einladung zu diesem Wettbewerb in die Hände spielte. Ich habe deinen Siegellack erkannt. Dieses Schwarz, das ins Grünliche spielt, gibt es nur einmal auf der ganzen Welt. Dann habe ich ein paar Erkundigungen eingezogen und gewusst, dass du es bist, Räuberkönig, der sich König Ralf von Immer-Und-Überall nennt!«
Dem Räuberkönig fielen fast die Augen aus dem Kopf.
»Du ... du bist das ... ich dachte ... du wärst ...« Nun wich der Räuberkönig selbst bis an die Wand hinter dem Thron zurück, umklammerte die Rückenlehne und duckte sich feige.
»Du dachtest, du könntest mich loswerden, und hast mich in die Schwarze Wüste geschickt, nachdem ich deine üblen Räuberpläne aufgedeckt hatte! Aber wie du siehst, lebe ich noch und erfreue mich bester Gesundheit!«, rief Alfons. Er zog seinen Degen, erklomm die drei Stufen zum Thron und ging so dicht an

den Räuberkönig heran, bis die Degenspitze seine Nase berührte. Der Räuberkönig wich zurück.
Polly hieb mit der Faust in die Luft und sprang in die Höhe.
»Juhu!«, brüllte sie. Sie hatte immer gewusst, dass Alfons kein gewöhnlicher Mensch, sondern etwas ganz Besonderes war.
Königin Emma riss Prinz Peter in die Arme und verteilte so viele Küsse auf seinem Gesicht, bis ihm die Brille von der Nase rutschte.
»Ist ja schon gut, Mama«, brummte der Prinz verlegen und rückte seine Brille wieder zurecht.

»Mein lieber Sohn, nun darfst du endlich wieder ein richtiges Leben führen!«, seufzte die glückliche Königin immerzu.
Polly strahlte und zwinkerte dem Prinzen zu.
»Wache!«, rief Alfons, schnippte mit den Fingern und zehn Palastwachen eilten herbei. »Nehmt den Räuberkönig fest und sperrt ihn ein! Alle Königreiche, die er ausgeplündert hat, werden Gericht über ihn halten und ihn bestrafen!« Er ließ seinen Degen in der Scheide verschwinden und setzte mit ein paar großen Sprüngen durch den Saal. »Und diese beiden hier . . .«, damit packte er Knurr am Kragen, der sich eng an die Gräfin Großbauch drückte. Die verlor vor Schreck ein Paar ihrer falschen Wimpern, ». . . diese beiden nehmt gleich mit!«
Gräfin Großbauch weinte dicke Tränen. Das zweite Paar falscher Wimpern schwamm auf ihrem Tränenstrom davon. »Ich . . . ich habe keine Schuld . . . sie haben mich gezwungen . . . gezwungen . . .«, wimmerte sie, als zwei Wachen sie in die Mitte nahmen. »Er da . . . er ist an allem schuld«, kreischte sie und zeigte auf Knurr. »Er allein . . .!«
»Das ist nicht wahr«, krähte Knurr, der sich unter den festen Griffen der Palastwachen wand wie ein Aal. »Sie war es . . . sie hat die ganze Sache mit dem König ausgeheckt . . . hört ihr . . . sie war es . . . oh, wo bringt ihr mich hin?« Die Palastwachen schleiften ihn aus dem Saal.
»Du bist wirklich ein Teufelskerl!«, murmelte der Räuberkönig, als zwei der Palastwachen ihm seine Hände auf dem Rücken zusammenbanden. »Es ist noch keinem Menschen gelungen, die

Schwarze Wüste lebend zu verlassen! Wie hast du das geschafft?«

Alfons zuckte die Schultern und wischte mit der Hand durch die Luft.

»Ich habe immer nur daran gedacht, wie ich es dir eines Tages heimzahlen kann, Räuberkönig, und das hat mir eine unglaubliche Kraft verliehen. Und jetzt führt ihn ab!«, brüllte Alfons und die Palastwachen schleppten den Räuberkönig aus dem Saal.

Er zappelte und schrie: »Irgendwann sehen wir uns wieder, dann werde ich dich vernichten, ich werde dich vernichten … vernichten … vernichten …«

»Das haben schon viele gesagt!«, erwiderte Alfons ungerührt und strich sich ein Stäubchen von seinem ledernen Wams.

»Doch in diesem Punkt hat der Räuberkönig Recht, Alfons, du bist wirklich ein Teufelskerl!«, rief Polly und umarmte ihren Freund. »Du bist ein Zauberer, nicht wahr?«, flüsterte sie Alfons ins Ohr.

»Wer weiß!«, erwiderte er lächelnd. »Wenn du willst, dass ich ein Zauberer bin, dann werde ich auch ein Zauberer für dich sein, kleine Prinzessin!« Eine eindeutige Antwort wäre Polly zwar lieber gewesen, aber die würde sie von Alfons wohl nie bekommen.

»Wir sind Ihnen zu großem Dank verpflichtet. Für diesen Dienst werden wir Sie reich belohnen!«, sagte nun Königin Emma und schüttelte Alfons die Hand.

Alfons nahm schwungvoll seinen Hut ab und verbeugte sich. »Es war mir eine Ehre, Königin Emma. Wann immer Not an einem *Männchen für alles* ist, werde ich zur Stelle sein!«

Der Hofstaat und die Gäste jubelten. »Hurra, hurra, hurra!« Zylinder flogen durch die Luft und eine Trompetenfanfare ertönte.

»Und du, Prinzessin Polidora, bist die mutigste Prinzessin, die es je gegeben hat«, sagte Königin Emma feierlich und der Hofstaat applaudierte. »Auch du darfst dir alles wünschen, was du willst!«

»Alles, was ich will?«, flüsterte Polly entzückt. Ein Pferd, einen Schwimmanzug, ein neues Bett, denn das alte stand nur noch auf drei Beinen, eine Reise ans Grüne Meer. Polly zählte in Gedanken ihre Wünsche auf.

»Ohne Ninifee und Niagara hätte ich es nicht geschafft!«, erklärte Polly schließlich, nachdem sie eine Weile mit sich gerungen hatte. »Mein Wunsch wäre, dass auch sie sich etwas wünschen dürfen!«

Niagara und Ninifee strahlten. Niagara bekam vor Aufregung zuerst kein Wort heraus. »Ein bisschen Gold ... ein wenig ... na ja ein Drittel vom Ganzen ... das würde schon reichen!«, stammelte sie mit roten Backen.

Ninifee erklärte schüchtern, dass auch sie damit zufrieden wäre.

»Dann soll es so sein!«, rief die Königin.

Am Ende bekam jede königliche Familie einen ganzen Sack voller Gold und die Gäste ihr Eintrittsgeld zurück. Der Räuberkönig und seine Komplizen wurden in das berüchtigte Gefängnis

Niagara und Ninifee gaben ein Pauken- und Flötenkonzert, Polly tanzte dazu. Der König hatte ihr versprechen müssen sich für immer und alle Zeiten von Wildschweinen fern zu halten. Königin Betty platzte fast vor Stolz, dass sie die Mutter einer so erfolgreichen Prinzessin war.
In sämtlichen Zeitungen wurde über die Prinzessin Barfuß geschrieben, wie klug und hübsch und mutig sie war. Seit jenem Tag tragen die Prinzessinnen aller Königreiche das Haar genauso windzerzaust wie sie und gehen zum Ärger ihrer königlichen Mütter besonders gern barfuß.
Niagara und Ninifee wurden Ehrenmitglieder einer neu gegründeten Musikakademie und haben inzwischen schon zwei Konzerte gegeben. Sie waren ausverkauft bis auf den allerletzten Platz.
Prinzessin Polly bekam ein Pony, ein neues Bett, einen Schwimmanzug und zum Abschied von Prinz Peter einen Kuss, der nach Zahnpasta schmeckte.

auf der Insel der Totenköpfe gesperrt. Dort sitzen sie vermutlich noch heute, wenn sie nicht gestorben oder geflohen sind ...
Bevor die königlichen Familien wieder nach Hause fuhren, feierte Königin Emma mit ihren Gästen ein großes Freudenfest.